Gisela Böhne

Unvergessliche Tage

Biografische Erzählungen

Copyright 2011
Gisela Böhne, Bielefeld

Herstellung und Verlag:
Books on Demand GmbH, Norderstedt
Cover: Manfred Böhne

ISBN 978-3-8423-7643-4

Vorwort

Warum entschloss sich eine Familie aus der DDR in den Westen zu fliehen, obwohl das gefährlich war und sie alles, was sie besaß, zurücklassen musste? Warum hast du gerade diesen Beruf gewählt? Diese und ähnliche Fragen kann man nicht mit einem Satz beantworten. Aber man kann darüber nachdenken und erzählen, wie es damals gewesen ist, oder man kann es aufschreiben.

Dieser Gedanke ließ mich nicht mehr los. Als ich pensioniert wurde, setzte ich ihn in die Tat um. Dabei fiel mir rückblickend auf, dass es viele Tage gab, die unvergesslich waren, sei es, weil sie durch eine wichtige Entscheidung unserem Leben eine neue Richtung gaben – wie an einer Weggabelung, oder weil wir Menschen zum ersten Mal begegneten, die von da an zu unserem Leben gehörten, oder weil etwas Ungewöhnliches passiert war.

Nach und nach entstanden biografische Erzählungen, die zeitlich genau einzuordnen sind. Deshalb habe ich im Inhaltsverzeichnis Jahreszahl und Monat aufgeführt. Ich schildere außergewöhnliche, berührende oder amüsante Ereignisse eines zumeist spannenden Tages. Sie spiegeln zugleich die Lebensumstände der Hauptpersonen wider. Meine Protagonisten sind Anne und Hermann Brinkhoff, die Söhne Gerhard, Peter und Martin sowie deren Frauen Birgit, Marion und Gabi.

Meine Erzählungen umfassen einen Zeitraum von fünfzig Jahren, von 1960 bis 2010. Sie sind in sich abgeschlossen. Durch die kursiv gedruckten, informativen Zwischentexte werden sie zu einer Einheit.

Ich wünsche meinen Lesern ebenso viel Freude beim Lesen wie ich sie beim Schreiben hatte.

Meinem Mann danke ich sehr für die konstruktiven Gespräche, wertvollen Hinweise und für das Lektorieren.

Gisela Böhne

Inhalt

„Worum geht's?"

Die alte Uhr in der Wohnküche des Bauernhauses zeigte an jenem Abend im September 1960 21.00 Uhr. Der Landwirt Hermann Brinkhoff saß am Kopfende des großen Tisches und konzentrierte sich scheinbar auf das Anzünden seiner Feierabendzigarre. Anne wusste, dass ihr Mann noch einmal in Gedanken die Worte durchging, die er heute Abend sagen wollte. Sie stellte eine Karaffe Apfelmost und vier Gläser auf den Tisch.

Der achtzehnjährige Sohn Peter murmelte: „Er wird bestimmt gleich da sein." Dabei dachte er, dass etwas sehr Ernstes in der Luft liegen musste, wenn der Vater seine beiden älteren Söhne mitten in der Woche so offiziell zu einem Gespräch gebeten hatte.

Sein großer Bruder, der zunächst genau wie er Landwirtschaft gelernt hatte, musste extra aus Güstrow kommen, wo er seit einem Jahr studierte, um Lehrer zu werden. Sie warteten schweigend. Ihre Anspannung war greifbar.

Da unterbrach das freudige Bellen des Hundes die Stille. Gerhard betrat die Küche. Zur Begrüßung nahm er seine Mutter kurz aber herzlich in den Arm, gab dem Vater die Hand und klopfte dem Bruder freundschaftlich auf die Schulter.

„Worum geht's?", fragte er und nahm auch am Tisch Platz.

Der Vater zog noch einmal an seiner Zigarre, räusperte sich und begann: „Als Mama und ich vor vierundzwanzig Jahren heirateten, haben wir dieses Anwesen hier in Mecklenburg gekauft, weil wir einen eigenen Hof haben wollten – genau wie unsere Geschwister und unsere Vorfahren in Westfalen. Es war nicht leicht. Wir haben hart gearbeitet."

Anne legte eine Hand auf den Arm ihres Mannes, schaute stolz auf und sagte: „Und wir haben es mit Liebe getan. Es war doch für uns!"

Nach diesen Worten entstand eine längere Pause. Die Luft war wie aus Glas. Keiner wagte sich zu bewegen. Hermann rollte unaufhörlich seine Zigarre in der Hand.

Plötzlich hielt er inne und platzte heraus: „Wir sollen jetzt alle in Typ III !"

„Das heißt, wir müssen auch unser Vieh abgeben", flüsterte Peter diese Erkenntnis, als könnte er dadurch erreichen, dass sie nicht stimmte. Die Brüder wussten, was das für einen Landwirt bedeutete. Das Land bewirtschafteten sie in der LPG Typ I teilweise gemeinsam, und nun sollte auch das Vieh in einer Produktionsgenossenschaft versorgt werden – ohne wirkliche Eigentumsrechte, obwohl die staatliche Propaganda das Gegenteil behauptete.

„Diese verdammte Kollektivierung!", fuhr der Vater fort. „Das geht nicht gut. Das verhindert jegliche persönliche Initiative." Aus Hermanns Worten sprach eine bedrückende Vorahnung.

Anne fügte mit einem bitteren Unterton hinzu: „Wir haben nicht so viel gearbeitet, um in Zukunft mal hier mal da als Tagelöhner eingesetzt zu werden!" Sie unterstrich ihre Feststellung durch energisches Kopfschütteln.

„Haben wir eine andere Wahl?", gab Gerhard zu bedenken. „Wir müssen notgedrungen tun, was die da oben anordnen und für uns das Beste daraus machen. Im Moment sehe ich keine andere Möglichkeit." Gerhard war einundzwanzig Jahre jung und voller Pläne für die Zukunft. Er wollte sich nicht unterkriegen lassen.

Da richtete sich die Mutter auf und widersprach: „Doch, wir haben eine Wahl. – Anderen gelingt die Flucht auch. Warum nicht uns? Wir müssen sie nur genau planen."
Die Söhne starrten erst sie an, dann fragend ihren Vater. Der nickte. Das also war es, was die Eltern ihnen heute Abend mitteilen wollten.

„Aber was sollen wir drüben. Dort arbeiten wir doch auch nur als Angestellte?", gab Peter zu bedenken.

„Nein", erklärte die Mutter. „Ihr wisst doch, dass Konrad den Hof meiner Eltern geerbt und ihn an meine Schwester Marie und meinen Schwager verpachtet hat und der den Hof seit Maries Tod vor zwei Jahren alleine bewirtschaftet."

„Seine Pacht ist demnächst abgelaufen", erklärte Hermann. „Er will sie nicht verlängern. Deshalb steht der Hof in Westfalen zur Disposition."

Es wurde still in der Küche. Tickte die Küchenuhr wirklich lauter als sonst?

Anne atmete tief durch, dann sprach sie aus, worum es an diesem Abend ging: „Wir können den Hof pachten und du, Gerhard, als unser Ältester, sollst ihn später erben."

Da stand Gerhard auf und bewegte sich wie ein Löwe im Käfig hin und her.

Plötzlich blieb er stehen und sagte entschlossen: „Ich werde nicht in den Westen abhauen und auf Onkel Konrads Hof arbeiten."

„Es ist der Hof meiner Eltern, der seit Jahrhunderten im Besitz unserer Familie ist, und damit auch der Hof deiner Vorfahren. Den gibt man nicht einfach so in fremde Hände." Verzweifelt versuchte die Mutter ihn zu überzeugen.

„Ich bleibe hier, weil ...!" Gerhard zögerte, goss sich Saft ein und trank das Glas in einem Zuge aus. Die Eltern sahen ihn fragend an. Gerhard sprach nicht weiter, stattdessen errötete er verlegen. Peter schmunzelte trotz der ernsten Situation, denn als Bruder wusste er Bescheid.

Ohne auf Peter zu achten, sagte Gerhard mit sicherer Stimme: „Ihr müsst tun, was ihr für richtig haltet. Ich kann euch verstehen, aber ich bleibe bei meiner Freundin."

Anne und Hermann wussten von Gerhards Freundschaft mit Birgit. Aber damit, dass es ihm so ernst war, hatten sie nicht gerechnet.

Langsam legte der Vater seine Zigarre, die inzwischen ausgegangen war, in den Aschenbecher und beendete das Gespräch:

„Für heute ist alles gesagt. Lasst uns morgen weiter überlegen."
Anne räumte die Gläser ab, spülte sie, nahm ein Geschirrtuch, um die Gläser abzutrocknen. Da entglitt ihr ein Glas und zerschellte klirrend auf dem gebohnerten Dielenboden. Anne holte einen Handfeger und kehrte die Scherben bemüht sorgfältig zusammen, so als könne sie dadurch die gewohnte Ordnung wieder herstellen.

Die Entscheidung

Die nächsten Tage änderten nichts an der Situation. Gerhard blieb bei seiner Entscheidung. Peter war bereit, mit seinen Eltern in den Westen zu gehen und später den Hof zu übernehmen.
Martin, der jüngste Sohn der Familie, wusste von diesen Diskussionen noch nichts. Er ging in Waren an der Müritz zur Oberschule und war dort im Internat.
Nachdem die Entscheidung gefallen war, planten Anne und Hermann akribisch die Flucht in den Westen für sich und die beiden jüngeren Söhne.
Es war gefährlich. Würde alles gut gehen?

„Da muss was passiert sein …"

4. Dezember 1960. 2. Adventssonntag. Kurz nach Mitternacht.
Anne und Hermann standen am Gartentor vor ihrem Hof in dem kleinen Dorf Lansen in Mecklenburg. Es war kalt und stockfinstere Nacht. Sie warteten und schauten angestrengt nach links die dunkle Straße hinunter.

Plötzlich, einige hundert Meter vor ihrem Haus, blinkte ein Wartburg auf und fuhr langsam vorbei. Das musste Erich sein. Das Auto hielt etwa 200 m vom Haus entfernt an. Es herrschte eine gespenstige Stille. Ihre Söhne, der achtzehnjährige Peter und der sechzehnjährige Martin, schulterten je einen kleinen Rucksack.

Der Älteste, ihr Sohn Gerhard, der schon 21 Jahre alt war, sagte leise: „Kommt, lasst euch noch einmal drücken. Wer weiß, ob wir uns wiedersehen."

Mit lautlosen Schritten begleiteten Anne und Hermann ihre Söhne zum Auto. Dann stiegen Peter und Martin ein. Das Auto fuhr ohne Beleuchtung los. Anne und Hermann sahen hinterher, bis sie die roten Rücklichter erkennen konnten, die ihnen zeigten, dass Erich dort, wo nur noch freies Feld war, das Licht wieder angemacht hatte. Langsam, als trügen sie eine schwere Last, gingen sie zum Hof zurück. Gerhard hielt sich immer noch in der Hofeinfahrt auf. Als Anne und Hermann wieder am Tor angekommen waren, gingen sie zusammen schweigend ins Haus. Es war alles besprochen, detailliert geplant. In dieser Nacht konnten sie keinen Schlaf finden.

Der Wartburg kam nach fast zwei Stunden Fahrt in Oranienburg, etwa 30 km vor Berlin, an. Erich setzte die beiden jungen Männer ab und fuhr sofort wieder zurück. Er musste noch vor Tagesanbruch wieder zu Hause sein. Niemand durfte von seiner nächtlichen Fahrt etwas erfahren. Erich war ein Freund der Familie, aber er brauchte auch das Geld, das er von Hermann für diese geheime Tour bekommen hatte. Sonst hätte er wohl nicht eingewilligt, denn Beihilfe zur Republikflucht hätte Gefängnis bedeutet.

In Oranienburg wurden Peter und Martin von Leni und Elfriede, Cousinen ihrer Mutter, erwartet. Nach einem kleinen Frühstück fuhren von dort alle vier zusammen mit der S-Bahn nach Berlin.

Damals war es noch möglich, auf dem Weg nach Ostberlin über Westberlin zu fahren, wobei der Zug auch in Westberlin hielt, denn noch gab es DDR-Bürger, die in Westberlin arbeiteten; aber es wurde streng überprüft, ob die Reisenden einen glaubhaften Grund hatten, gerade diese Strecke zu benutzen.

Die beiden Frauen nahmen im selben Waggon Platz, aber versetzt auf der anderen Seite des Ganges, mit unauffälligem Blickkontakt zu den beiden jungen Männern.

Zwei Stationen vor dem Grenzübergang nach Westberlin stiegen zwei Grenzpolizisten zu: „Passkontrolle!" Sie forderten Peter und Martin auf, an der nächsten Haltestelle den Zug zu verlassen, um ihre Rucksäcke zu kontrollieren und den Grund ihrer Reise zu hinterfragen.

Leni und Elfriede erregten kein Aufsehen, wenn sie nach Berlin fuhren, weil sie in der Nähe wohnten. Sie blieben aber sitzen, denn jetzt ebenfalls auszusteigen wäre verdächtig gewesen. Auch sie riskierten viel. Nach den DDR-Gesetzen war ihr Verhalten alles andere als nur ein Freundschaftsdienst!

An der darauf folgenden Haltestelle in Westberlin verließen sie die S-Bahn. Angespannt beobachteten sie die nächsten Bahnen auf der Suche nach ihren Schützlingen. Zwei Züge fuhren vorbei. Im dritten entdeckten sie die Jungen. Erleichtert stiegen sie ebenfalls wieder ein.

Die beiden jungen Männer hatte man getrennt verhört und ihnen schließlich ihre Absicht, den Weihnachtsmarkt in Ostberlin zu besuchen, geglaubt – nicht zuletzt, weil sich ihre Aussagen deckten und sie in ihren Rucksäcken wirklich nur Frühstücksbrote mitgenommen hatten.

An der Haltestelle „Tiergarten" in West-Berlin verließen alle zusammen den Zug. Die beiden Frauen brachten Peter und Martin zu Nelly, einer Cousine von Hermann.

Als Landwirt fuhr Hermann regelmäßig zur Grünen Woche nach Westberlin. Beim letzten Mal hatte er bei Nelly die Ankunft seiner Söhne für den 2. Adventssonntag mit ihr vereinbart. Solche Absprachen konnte man nur persönlich treffen, denn das Telefon im Gemeindebüro wurde abgehört und Briefe wurden geöffnet.

Leni und Elfriede verabschiedeten sich sofort wieder.

In Ost-Berlin wollten sie ein Telegramm an Anne und Hermann aufgeben mit folgendem Text: „Komme um 17.00 Uhr mit dem Zug. Emma". So war es vereinbart.

Nach Erhalt dieses Telegramms, das Anne und Hermann so gegen Mittag erwarteten, sollte Gerhard seine Eltern zum Bahnhof nach Malchin bringen. Anne und Hermann hatten anlässlich des 80. Geburtstages von Annes Mutter eine Aufenthaltsgenehmigung für Westdeutschland bekommen. Dabei ging ihre Fahrtstrecke über Westberlin. Dort wollten sie ebenfalls aussteigen und gegen Abend bei Nelly eintreffen.

Würde ihr Plan gelingen? Hatte man alles bedacht?

Anne und Hermann warteten auf das Telegramm. Aber es kam nicht. Wo waren ihre Söhne jetzt? Waren sie nicht bei Nelly in Westberlin eingetroffen? Vielleicht wurden sie festgehalten? Warum schickten Leni und Elfriede nicht das vereinbarte Telegramm? Waren sie beobachtet worden?

Anne und Hermann standen am Fenster und warteten, warteten auf den Telegrammboten. Draußen tobte inzwischen ein Schneesturm.

Die verzweifelte Frage: „Was ist mit unseren Kindern?", führte zu einer lähmenden Angst, die ihnen fast den Atem nahm.

In Westberlin warteten Nelly, Peter und Martin auf die Ankunft der Eltern. Stunde um Stunde verging.

Martin sagte immer wieder: „Ich muss zurück. Ich muss morgen früh in der Schule sein. Wenn ich zu spät komme, habe ich keine plausible Erklärung. Mama und Papa müssten doch längst da sein!"

Nelly hatte Mühe, ihn zu beruhigen: „Deine Eltern kommen bestimmt. Sie haben doch eine Besuchserlaubnis für Westdeutschland." Dabei konnte die Tante kaum ihre eigenen Zweifel überspielen.

Sie warteten, sie lauschten – unfähig sich zu beschäftigen. Nichts. Der Wind pfiff ums Haus. Auch hier in Berlin hatte die Angst die Wartenden fest im Griff.

Plötzlich nahm Peter seinen Rucksack und sagte: „Wir fahren zurück. Da muss was passiert sein!"

In Lansen wurden Anne und Hermann immer ratloser. Warum kam das Telegramm nicht? Es wurde 14.00, 15.00, 16.00 Uhr. Da, Motorengeräusche! Jemand fuhr auf den Hof. Hermann öffnete die Tür.

Der Postzusteller sagte: „Sie haben ein Telegramm. Es wurde schon heute morgen aufgegeben, aber der Sturm hatte Störungen verursacht. Deshalb kam es erst heute Nachmittag."

Kaum war der Bote wieder gefahren, zogen sich Anne und ihr Sohn dicke Winterjacken, Mütze, Stiefel und Handschuhe an. Gerhard holte sein Motorrad aus der Scheune und schmiss die Maschine an. Seine Mutter nahm hinter ihm Platz. Zwischen sich und ihren Sohn hatte sie einen Koffer geklemmt. Der Sturm hatte ein wenig nachgelassen. Aber die Straße war schneebedeckt. Gerhard fuhr los.

Hermann rief noch hinterher: „Fahr vorsichtig!", aber da war sein Sohn auch schon gestartet.

Gerhard durfte jetzt keinen Unfall bauen! Obwohl er sich konzentrieren musste, gelang es ihm nicht, seine bedrückenden Gedanken auszuschalten. Wie aufdringliche Mücken umschwirrten ihn die Fragen: Wie würde sein Leben weitergehen? Würde man ihn verhaften, weil er seine Familie nicht verraten hatte, oder würde man seine Entscheidung, in Mecklenburg zu bleiben, positiv bewerten? Gerhard kannte die Straße mit den Schlaglöchern, die jetzt unter dem Schnee nicht zu sehen waren. Sonst wäre die Fahrt nicht gut gegangen.

Nachdem er seine Mutter am Bahnhof abgesetzt hatte, fuhr er zurück zum Hof und brachte auch seinen Vater ohne Sturz nach Malchin.

18.00 Uhr. „Einsteigen bitte!", ertönte es durch den Lautsprecher. Noch eine letzte Umarmung. Dann fuhr der Zug ab. Gerhard kehrte alleine nach Hause zurück. Er versuchte, sich auf die Arbeiten im Haus zu konzentrieren. Das Vieh musste versorgt werden. Das Leben musste weitergehen.

Während Anne und Hermann nach Ostberlin fuhren, quälte sie die bange Frage: „Haben Peter und Martin bei Nelly durchgehalten, oder sind sie wieder zurückgefahren, weil sie nicht mehr mit der Ankunft der Eltern gerechnet haben?"

Als sie in Ostberlin in den Zug steigen wollten, der über Westberlin nach Westdeutschland fuhr, fielen sie den Beamten wegen ihrer großen Koffer auf. Sie mussten den Grenzpolizisten in eine Abfertigungsbaracke folgen und ihre Koffer auf Tische legen, die sich mitten durch den Raum zogen. Dort mussten sie die Koffer öffnen und teilweise auspacken. Durch die Fenster der Baracke sahen sie, dass ihr Zug nach Westdeutschland abfuhr!

„Wozu brauchen Sie so viel Garderobe für die paar Tage?", fragte der Beamte barsch und sah die Reisenden mit misstrauischem Blick an. Hermann konnte nicht antworten. Er brauchte all seine Kraft, um seine innere Unruhe zu verbergen. Auch Annes Nerven waren bis zum Äußersten angespannt.

Sie atmete tief durch und sagte: „Das sind getragene Sachen unserer Söhne. Wir wollen sie den Neffen im Westen mitbringen – als Geschenk, weil die drüben doch nichts zum Anziehen haben."

Sie durften den nächsten Zug in Richtung Westen nehmen. Als er in Westberlin hielt, stiegen sie aus. Aber es war spät geworden!

Nelly hatte Peter und Martin zurückhalten können. Verzweifelt versuchten die beiden Jungen, die Hoffnung nicht aufzugeben.

Da! Gegen 22.00 Uhr klingelte es. Anne und Hermann standen erschöpft vor der Tür. Jetzt waren sie endlich alle zusammen und hielten sich in den Armen. Die Angst ließ sie langsam los, aber die Stimmung blieb gedrückt. Sie hatten Gerhard und ihr Zuhause zurücklassen müssen. Was würde sie in Westfalen erwarten? Würde sich die Entscheidung, zu fliehen und im Westen vollkommen neu anzufangen, als richtig herausstellen? Und vor allen Dingen: Wann würden sie Gerhard wiedersehen? Wie würde es ihm ergehen, wenn er am nächsten Tag seine Eltern und Geschwister als Republikflüchtlinge melden musste?

Würde die Liebe zu seiner Freundin halten?

All diese Fragen füllten den Raum, aber sie wurden nicht ausgesprochen. Es hätte ohnehin keiner eine Antwort gewusst.

Neuanfang

Gerhard Brinkhoff bekam tatsächlich große Schwierigkeiten. Es gab endlose Verhöre. Man warf ihm Beihilfe zur Republikflucht vor. Er musste sein Lehrerstudium abbrechen. Da er zunächst Landwirt gelernt hatte, arbeitete er wieder in der Landwirtschaft. Ein halbes Jahr später heiratete er Birgit, um deretwillen er dageblieben war. Birgit gab zunächst ihre Ausbildung zur Kindergärtnerin auf, um Gerhard zu Hause in der Landwirtschaft zu helfen.
Beharrlich und mit Erfolg ging Gerhard den eingeschlagenen Weg und meisterte nebenbei die Abendfachschule zum Agrarwirt.

Es war die Zeit, in der sich jeden Tag über 1000 DDR-Bürger in den Flüchtlingslagern meldeten. Das führte dazu, dass acht Monate nach der Flucht der Familie Brinkhoff, am 13. August 1961, die Mauer gebaut wurde. Eine Reise in den Westen oder nach Westberlin war nun legal nur in seltenen Ausnahmefällen und illegal nur unter Lebensgefahr möglich.

Auch für die Eltern, Peter und Martin war der Neuanfang schwierig. Für alle war es ein gravierender Einschnitt in ihrem bisherigen Leben.
Für Martin war wieder die Unterbringung in einem Internat notwendig, damit er weiter auf ein Gymnasium gehen konnte, an dem auch im Westen Russisch als erste Fremdsprache unterrichtet wurde.
Alle mussten sich eingewöhnen und neuen Anforderungen stellen.

Ähnlich ging es Gabi Junghans, die wegen dienstlicher Versetzungen ihres Vaters mit ihren Eltern und ihrer Schwester häufig den Wohnsitz wechselte. Sie besuchte Schulen in Frielendorf, Rockenberg, Bad Nauheim und Marburg in Hessen sowie in Kiel und Bremerhaven.

Nach ihrem Abitur zog die Familie nach Bonn um, denn ihr Vater, ein Marineoffizier, war ans Bundesverteidigungsministerium versetzt worden.

In den ersten beiden Geschichten wurden Entscheidungen getroffen, die eine Wende im Leben von Anne und Hermann Brinkhoff und ihren Söhnen bedeuteten.

In der folgenden Geschichte muss sich Gabi Junghans für einen Lebensweg entscheiden.

Gabis Traum

April 1964. Seit fast drei Monaten nahm Gabi jeden Morgen pünktlich um 9.00 Uhr am Schreibtisch in der Botschaft von Senegal in Bonn-Bad Godesberg Platz. Vor ihrem Fenster tanzten dichte Schneeflocken, fielen auf den Boden und vergingen.

Gabi dachte: „Meine Träume sind wie diese Schneeflocken. Sie tauchen vor meinen Augen auf, doch ehe ich sie fassen kann, haben sie sich schon wieder aufgelöst." Träumte sie noch davon, Lehrerin zu werden, oder hatte ihr Vater recht, und ihre Träume gingen in eine ganz andere Richtung? Das Vierteljahr Probezeit war in drei Tagen um. Das nächste Semester begann im Mai. Wenn sie doch noch studieren wollte, dann musste sie sich jetzt entscheiden.

„Ein Studium ist rausgeschmissenes Geld", hatte ihr Vater gesagt. „Denk an Inge, die Tochter von Neumann. Die hat keinen Beruf, sondern ein abgebrochenes Studium, weil sie noch während ihrer Ausbildung geheiratet und ihr erstes Kind bekommen hat. Mach dein Abitur und geh aufs Finanzamt, dann verdienst du sofort etwas und bist nach drei Jahren fertig mit der Ausbildung."

Gabi wehrte sich, erklärte, dass sie mit Kindern zu tun haben wolle.

„Das wirst du auch – mit deinen eigenen Kindern. Wenn du ein paar Semester studierst und dann abbrichst, dann bist du gar nichts!", antwortete ihr Vater damals in einer Bestimmtheit, die keinen Widerspruch zuließ. Auch der Umstimmungsversuch ihrer verständnisvollen Mutter hatte nichts genützt.

Gabi hatte versucht, die Ansicht ihres Vaters nachzuvollziehen. Aber Finanzamt, eine Welt aus Zahlen und Paragraphen, nein, das war nichts für sie. Ihre Vorliebe galt den Fremdsprachen. So ging Gabi zur Berlitzschule. Dort konnte sie nach dem Abitur plus einem Jahr Sprachenschule die Prüfung zur Fremdsprachen- korrespondentin machen.

„Einverstanden", stimmte ihr Vater zu. „Die Länge der

Ausbildung ist überschaubar, und außerdem ist eine sprachgewandte Gattin für jeden Mann von Vorteil."

Die Stimme des neuen Botschafters aus der Sprechanlage holte Gabi in die Wirklichkeit zurück: „Bestellen Sie mir bitte einen Smoking für den Empfang chez Monsieur le président 'einrich Lübke."

Die afrikanischen Botschaftsangehörigen ließen sich gelegentlich bei einem Verleih den Smoking für besondere Veranstaltungen besorgen. Gabi würde in ihrem schwarzen Abiturkostüm dezent im Hintergrund bleiben und doch präsent sein, um zu dolmetschen. Sie dachte an ihre Freundinnen, die sie beneideten um all die interessanten Leute, die sie traf. Jetzt würde es sogar der Bundespräsident Heinrich Lübke sein. Sie hatte doch einen tollen Beruf!

Als sie mit ihrer Arbeit in dieser Botschaft anfing, waren ihr ‚Seine Exzellenz' der Botschafter, die beiden Botschaftsräte und der Botschaftssekretär mit ihrer dunklen Hautfarbe fremd erschienen, doch inzwischen waren sie ihr vertraut, besonders der charmante Botschaftsrat Monsieur Flaubert!

Da öffnete sich die Tür zu ihrem Büro. Es war M. Flaubert. Er bat Gabi in sein Büro zum Dolmetschen. Dieser Botschaftsrat war mit fünfunddreißig Jahren der jüngste Diplomat in Bonn. Er war eine stattliche Erscheinung und sah in seinem eleganten Anzug ausgesprochen gut aus. Er hatte Gabi schon einige Male zu Empfängen in die Redoute in Bad Godesberg eingeladen – nicht als seine Angestellte, sondern als seine offizielle Begleiterin. Es schmeichelte ihr, dass er sich um sie bemühte.

Der Gesprächspartner des Botschaftsrates war dieses Mal der deutsche Generalkonsul für Senegal. Während Gabi die Sätze, die der Botschaftsrat und der Konsul formulierten, korrekt übersetzte, kam sie sich vor wie eine Dolmetschmaschine. Die Worte, die man hineinschmiss, kamen auf Deutsch oder Französisch wieder heraus.

Der Vertrag zwischen dem Botschaftsrat und dem Konsul über Erdnusslieferungen kam zustande. Der Konsul verabschiedete sich. Als Gabi ebenfalls das Besprechungszimmer verlassen wollte, zauberte M. Flaubert hinter seinem großen Schreibtisch einen Strauß roter Rosen hervor. Rosen um diese Jahreszeit! Die mussten ein Vermögen gekostet haben.

Er überreichte sie Gabi mit der Frage: „'aben Sie Zeit fürrr misch 'eute Abend?" Dabei legte er seinen Arm um ihre Schulter und zog sie an sich. Seine Augen blitzten voller Leidenschaft. Sie wirkten noch dunkler als seine schwarze Hautfarbe.

Gabi wich seinem Kuss aus, indem sie die Tür öffnete, und antwortete: „Heute nicht, vielleicht morgen."

Wieder in ihrem Büro dachte sie daran, dass sie als Gattin des Botschaftsrates als Diplomatin gelten würde und vielleicht einen Peugeot Cabrio mit einem CD-Schild für ‚corps diplomatique' führe und nicht nur so einen gebrauchten Kleinwagen wie der, auf den sie sparte. Gabi holte eine Vase und füllte sie mit Wasser. Dabei ertappte sie sich bei dem Gedanken, dass die Kinder von schwarz-weißen Ehepaaren besonders süß aussehen!

„Auuu!", die Rosen hatten ja Dornen!

Während Gabi die dunkelrote Pracht nun vorsichtig arrangierte, kam es ihr vor, als wisperte dieser Chor aus eleganten Blüten: „Eine sprachgewandte Gattin wäre für den Botschaftsrat von Vorteil."

Die Sprechanlage auf ihrem Schreibtisch leuchtete auf. Der Botschafter informierte Gabi: „In zwanzig Minuten ich 'abe ein Rendezvous mit Monsieur le directeur der französischen Schule in Bad Godesberg. Ich möchte ihm meine Kinder vorstellen. Meine Frau kommt gleich mit Janine, Jean-Luc und Nico. Nehmen Sie bitte die Daten meiner Kinder auf für die Anmeldung in der französischen Schule."

„Gern. Ich freue mich, Ihre Gattin und Ihre Kinder kennen zu lernen", antwortete Gabi und war froh, dass der Botschafter nicht sehen konnte, wie ihr das Blut in den Kopf schoss, weil ihre Freude vor allem René Dubois, dem Direktor der französischen Schule, galt. Sie war bei einem der Empfänge mit ihm ins Gespräch gekommen und hatte sich sofort gut mit ihm verstanden. Der Franzose war Witwer, etwas kleiner als Gabi, sehr schlank und wirkte mit seinem lichten Haarwuchs älter als sechsunddreißig. Wenn er begeistert und mit einem sympathischen Lachen von seinen Schülern erzählte, hörte Gabi ihm fasziniert zu. Auf seine Schule gingen nur Kinder von französischsprechenden Eltern – egal aus welchem Land sie stammten. Das war spannend.

René Dubois hatte Gabi ein paar Mal zum Essen in ein Restaurant eingeladen. Jedes Mal brachte er ihr ein kleines Geschenk mit – verbunden mit ganz besonders poetischen Komplimenten. Gabi genoss sein offensichtliches Werben, war aber einem abendlichen intimen Treffen immer noch ausgewichen. Das letzte Mal hatte er sie mit einer Seerose verglichen und gesagt, sie wäre für ihn wie diese schwimmende Blume, so schön und unerreichbar.

„Warum gehe ich auf seine Bemühungen nicht ein?", fragte sich Gabi gedankenverloren, da stürmten die drei Kinder des Botschafters herein, gefolgt von ihrer schwarzen Mami. Madame l'ambassadeur hatte ein bildhübsches, ebenmäßiges, rundes Gesicht. Sie schritt auf Gabi zu, als balancierte sie einen Korb mit Früchten auf ihrem Kopf. Ein farbenfrohes, weites Gewand umhüllte dekorativ ihre füllige Figur. Die Kinder stellten sich vor. Gabi notierte die Namen und Geburtsdaten.

Da klopfte es. Es war der Direktor. Mit einem angedeuteten Handkuss begrüßte er die Frau des Botschafters. Als er Gabi die Hand gab, sagte er leise: „Für dich, ma belle rose" und legte unauffällig etwas flaches Quadratisches in blaugoldenem Geschenkpapier auf ihren Schreibtisch. Dann scherzte er mit den schwarzgelockten Söhnen und der kleinen Tochter, deren krauses Haar zu vielen Zöpfen geflochten war.

Als René und Gabi später alleine waren, deutete René auf den Rosenstrauß, sah Gabi prüfend an und wunderte sich: „Rosen im April?"

Gabi zögerte, dann stellte sie nur knapp fest: „Sie haben Dornen." Dabei schob sie die Vase unwillkürlich ein Stück zur Seite. Renés Blick verriet, dass er mehr wissen wollte, aber er sagte nichts, sondern schob ihr sein Geschenk hin. Gabi entfernte das Geschenkpapier und hielt einen Bildband über Impressionisten in den Händen.

„Du weißt noch, dass ich diese Maler so mag? Danke. Merci." Gabi ließ die Seiten des Buches durch ihre Finger gleiten. Auf dem Deckblatt waren ‚Die Seerosen' von Monet abgebildet. Gabi spürte, dass René sie beobachtete.

Unvermittelt fragte er: „Und hast du dich schon entschieden?" Gabi hatte mit ihm darüber gesprochen, dass sie eigentlich Lehrerin werden wollte. Auch wusste er von Gabis Probezeit und dass der Botschafter selbstverständlich davon ausging, dass sie bleiben würde.

René sah Gabi liebevoll an und schlug vor: „Lass uns heute Abend darüber reden. Hast du Zeit für mich?"

„Heute nicht, vielleicht morgen", hörte Gabi sich antworten und fragte sich: „Warum bin ich nur so zurückhaltend? Ich bin doch gerne mit ihm zusammen."

Als Rene sich verabschiedete, hielt er ihre Hand einen Moment länger in seiner, als es notwendig gewesen wäre, und bekräftigte: „Bitte, morgen, ganz bestimmt!"

Wieder auf ihrem Platz, griff Gabi nach dem Buch von René. In Gedanken hörte sie ihre Freundin schwärmen: „Mensch, die Frau des Direktors der französischen Schule. Das wär's doch. Stell dir vor, wen du alles kennenlernen würdest!" Aber war es das, was sie wollte?

In ihren Ohren klangen Renés Worte nach: „Für dich, meine

schöne Rose." Gabi betrachtete das Bild von Monet und dachte: „René liebt mich wirklich, nicht nur als sprachgewandte Gattin." Und was bedeutete ihr René ?

Es hatte aufgehört zu schneien. Die Mittagspause in der Botschaft dauerte drei Stunden, weil sich die Bürozeiten nach den Verhältnissen in Senegal richteten. Gabi ersetzte ihre eleganten Pumps durch bequeme Winterstiefel, zog ihren Anorak über und marschierte direkt zum Rhein. Schleppkähne tuckerten vorbei. Der Rhein führte Hochwasser wie in jedem Frühjahr, wenn die Schneeschmelze eingesetzt hatte. Der Rhein war wie ein Freund. Wenn niemand in der Nähe war, unterhielt sie sich mit den Wellen. Sie waren verschwiegen und trugen ihre Gedanken bis zur Nordsee. Mit leichtem Glucksen schlugen sie ans Ufer, als wollten sie sagen: „Überlege, was du tust. Manche Entscheidungen trifft man nur ein Mal im Leben." Dann strömten sie weiter dem Meer zu.
Gabi wusste, dass sie die Antwort selbst finden musste. Träumte sie davon, die Gattin eines Diplomaten zu werden? Nicht was der Vater oder die Freundinnen sagten war wichtig! Es war doch ihr Leben. Brauchte sie wirklich ein tolles Auto mit CD-Schild? Brauchte sie überhaupt ein Auto? Es gab doch Busse und Bahnen. Außerdem fuhr sie gerne mit dem Fahrrad.
Und René? Bei ihm fühlte sie sich wohl. Er verstand sie. Er war ein einfühlsamer und interessanter Mann. Liebe hatte sie sich eigentlich anders vorgestellt, leidenschaftlicher, unausweichlich. Man durfte sich doch nicht erst fragen müssen: „Liebe ich ihn?" Wollte sie zu viel?

Eine Schulklasse kam vorbei. Die Mädchen kicherten und alberten herum. Die Jungen ließen Kieselsteine übers Wasser tanzen. Mitten zwischen den Schülern ging die Lehrerin und unterhielt sich angeregt mit den Jugendlichen. Wie würde der Lebensweg dieser

Kinder wohl aussehen? Gabi blieb stehen und schaute der Gruppe hinterher, bis sie hinter einer Biegung des Rheins verschwunden war. Erst dann schlenderte sie zur Botschaft zurück.

Wohin ging der Ausflug der Schulklasse weiter, zur Fähre nach Königswinter? Auf den Drachenfels? Was für Fächer unterrichtete die Lehrerin? Deutsch? Biologie? Man müsste den Kindern erklären, woher das Wasser kommt, wohin es fließt, welche Bedeutung es für die Menschen hat – hier in Europa oder in Afrika, zum Beispiel in Senegal.
Auf einmal begann Gabi zu laufen. Ihre Schritte wurden immer leichter und schneller. Die Wellen lachten ihr zu. Die Schneewolken teilten sich und zeigten den blauen Himmel, der sich hinter den Wolken verborgen hatte. Bevor Gabi in die Rheinallee einbog, winkte sie dem Siebengebirge, den Wellen des Rheins, den Kindern, die längst nicht mehr zu sehen waren, dem Blau des Himmels zu: „Danke, merci, merci beaucoup."

Als Gabi zur Botschaft zurückkam, ging sie gezielt zum Botschafter und nahm sich für den nächsten Tag frei. Sie wusste, dass man sich täglich zwischen neun und zwölf in der Uni in Bonn für das nächste Semester, immatrikulieren konnte. Das Geld, das sie für ein Auto gespart hatte, würde für den Anfang reichen. Dann würde es schon irgendwie weitergehen.

Draußen pfiff der Wind: „Du machst es richtig. Lebe deinen Traum. Du schaffst es!" Die Schneeglöckchen auf der Wiese des Botschaftsgartens läuteten Zustimmung.

Am nächsten Tag schrieb Gabi sich ein für Romanistik, Geographie und Pädagogik.

Blond wie Doris Day

Oktober 1966. Als Gabi ihren Vertrag für acht Wochen Aushilfe im Verteidigungsministerium unterschrieb, wurde sie mit ernster Miene von ihrem neuen Chef zu absolutem Stillschweigen über alle dienstlichen Angelegenheiten verpflichtet. Herr Baumann wies sie ausdrücklich darauf hin, dass gerade junge Frauen von geschulten Agenten angesprochen würden. Von solchen Versuchen der Kontaktaufnahme müsse sie ihm sofort berichten. Dabei blickte er sie zugleich väterlich wie auch mahnend an, als hielte er sie irgendwie für gefährdet.

Gabi sah damals aus wie Doris Day, die Haare blond gefärbt mit einem Pony und sogenannten Herrenwinkern in Kinnhöhe. Ihr gefiel es, mit der berühmten Schauspielerin und Sängerin verglichen zu werden. Den Hitchcock Krimi „Der Mann, der zu viel wusste", in dem Doris Day „Que sera, que sera, whatever will be, will be" sang, hatte sie sich zweimal angesehen. Gabi studierte im fünften Semester an der Uni in Bonn. Von Zeit zu Zeit arbeitete sie als Fremdsprachenkorrespondentin, um sich Geld für ihr Studium zu verdienen.

Das Verteidigungsministerium konnte sie zu Fuß erreichen. Am dritten Tag musste sie auf dem Weg zu dem neuen Arbeitsplatz mit ihrem knallroten Schirm gegen regenreiche Windböen ankämpfen. Da hielt ein schwarzer Mercedes neben ihr.

Am Steuer saß ein Mann, vielleicht Anfang dreißig, in Anzug und Krawatte.

Er drehte die Scheibe runter und fragte höflich: „Wo möchten Sie denn hin bei diesem Wetter? Kann ich Sie ein Stück mitnehmen?"

„Ich muss zum Vert…, danke, mit dem Schirm geht's schon", lehnte Gabi gerade noch rechtzeitig ab, obwohl sie nur zu gerne eingestiegen wäre. Verdammt, fast hätte sie sich verplappert. Der

Mann sah eigentlich gut aus. Diese kurze Begegnung musste sie doch wohl nicht melden.

Vier Tage später war wunderbares Herbstwetter. Die Sonne schien, und die Blätter an den Bäumen leuchteten in rot und goldgelb.

Plötzlich ging ein Herr, der Gabi bekannt vorkam, neben ihr her und eröffnete fröhlich das Gespräch: „Ist das Wetter nicht herrlich?" Gabi kam nicht umhin, ihm zuzustimmen.

„Da habe ich ja richtig Glück, dass mein Wagen heute in der Werkstatt ist. So kann ich Sie zwar nicht im Auto mitnehmen, dafür aber ein Stück zu Fuß begleiten", setzte der Fremde mit einem bezaubernden Lächeln die Unterhaltung fort. Gabi musterte ihn unauffällig aus den Augenwinkeln. Er war eine sportliche Erscheinung. Musste sie ihrem Chef wirklich von so einer harmlosen Begegnung berichten?

Gabi erzählte ihrer Kollegin Anja von ihrer neuen Bekanntschaft.

„Das musst du dem Baumann sagen", war Anjas eindeutige Reaktion. Obwohl es ihr widerstrebte, entschloss Gabi sich, zum Chef zu gehen.

Der war mit einem anderen Herrn im Gespräch, fragte aber trotzdem freundlich: „Was gibt's?" Verlegen winkte Gabi ab. Mit einem „Ich komme später wieder" wollte sie sich schnell zurückziehen.

„Ich habe mit Kommissar Schmitz noch einiges zu besprechen. Darum sagen Sie kurz worum es geht", forderte Baumann Gabi auf. Unsicher blieb Gabi an der Tür stehen.

„Es ist nur so, da … da war ein Herr, der mich angesprochen hat", stotterte sie und dachte, dass sie sich viel zu wichtig nehmen würde. Ihr Chef und der Kommissar sahen sich seltsam bedeutungsvoll an. Dann forderte Baumann Gabi mit einer Geste auf, Platz zu nehmen. Gabi setzte sich auf die vordere Kante des schwarzen Ledersessels und fühlte sich unbehaglich. So knapp wie möglich erzählte sie von dem Mann, der sich mit König vorgestellt hatte. Herr Schmitz reagierte mit dem Ausruf „De Imker"! Seine Stimme klang rheinländisch gemütlich, aber sein Blick war der eines Tigers, der zum Sprung ansetzte.

Baumann nickte und fragte Gabi: „Weiß dieser Mann, dass Sie als Studentin bei uns einen Zeitvertrag haben?"

„N…nein", antwortete Gabi und wurde rot. Baumann hatte sie ertappt. Sie musste eingestehen, dass sie sich inzwischen als Übersetzerin ausgegeben und damit ein bisschen aufgeschnitten hatte.

Da mischte sich der Rheinländer ins Gespräch: „Würde es Ihnen wat ausmachen, Fräulein Junghans, sich mit diesem … Herrn zu verabreden, wenn er Sie demnächst in 'nen jutes Restaurant zum Essen einlädt?"

Erschrocken und irgendwie enttäuscht reagierte Gabi: „Ist das ein Agent?" Baumann und Schmitz lachten, aber das Lachen gefiel Gabi nicht. Es machte ihr Angst. Sollte sie tatsächlich einem echten Spion begegnet sein? Dann wäre eine Verabredung womöglich der erste Schritt, in eine gefährliche Affäre hineingezogen zu werden.

Ohne auf Gabis Frage zu antworten, erklärte Baumann: „Bleiben Sie bitte bei Ihrer Behauptung, eine Übersetzerin zu sein."

„Warum? Wer ist dieser Herr Imker?"

„Vergessen Sie den Namen Imker. Das ist der Name, unter dem wir ihn führen." Es war deutlich, dass ihr Chef nicht die Absicht hatte, Gabi mehr über diesen Herrn zu erzählen.

„Nehmen Sie bitte die Einladung ins Restaurant an und sagen uns vorher Bescheid, Fräulein Junghase, Sie sind doch kein Angsthäschen." Der joviale Herr Schmitz berührte sie bei diesen Worten leicht am Arm. Unwillkürlich klemmte Gabi ihre blonden Herrenwinker hinter die Ohren, um seriöser auszusehen.

Sie setzte sich aufrecht hin und sagte: „Ich heiße Junghans." Beleidigen lassen wollte sie sich nicht.

„Sie würden mir und Kommissar Schmitz sehr helfen", beeilte sich ihr Chef zu versichern, ehe Gabi ablehnen konnte.

König lud sie tatsächlich in ein nobles chinesisches Restaurant ein. Er versprühte Charme, Gabi war hin und her gerissen. Interessierte Herr König sich für sie, oder war er ein Agent? Gabi bestellte „Ente süß-sauer". Da betrat ein Paar das Restaurant und setzte sich an den Nebentisch. In dem Herrn erkannte Gabi Kommissar Schmitz. Als sie beim Dessert angekommen war, schwärmte ihr Begleiter von einer Kurzreise nach Paris, zog einen verheißungsvollen Prospekt aus der Tasche und fragte Gabi, ob sie nicht Lust hätte, ebenfalls an dieser Reise teilzunehmen – in einem eigenen Zimmer selbstverständlich. Man kannte sich ja noch nicht richtig, aber das würde sich bestimmt auf dieser Reise ändern.

Seine verlockenden Schilderungen endeten mit dem Satz: „Ich buche die Reise gerne für Sie. Ich könnte auch einen erheblichen Rabatt raushandeln, wenn sie mir den Reisepreis mitbrächten." Was sollte das denn? Worauf wollte dieser Kerl hinaus? Sollte sie empört ablehnen oder darauf eingehen? Was wurde von ihr erwartet? Nach kurzem Zögern versprach Gabi, am nächsten Tag das Geld für die Reise mitzubringen. Nach dem Essen ging sie zur Toilette. Als sie zurückkam, waren der Kommissar und seine Kollegin gerade dabei, König mit festem Griff nach draußen zu geleiten.

Am nächsten Tag sah Gabi ein Foto von König in der Zeitung. Darunter stand: „Wer kennt diesen Mann? Er hat von zumeist blonden Damen Geldbeträge von jeweils mehreren hundert DM ergaunert. Er wird bei der Polizei ‚Der Imker' genannt, weil er ‚blonde Bienen' aussaugt. Nur wenige haben ihn bisher angezeigt. Es wird jedoch befürchtet, dass viele Frauen auf ihn hereingefallen sind, sich aber nicht gemeldet haben, weil es ihnen peinlich war. Seine Masche war …"

Gabi musste ihren Part bei der Polizei zu Protokoll geben. Damit war für sie die Angelegenheit aber noch nicht ganz erledigt, sondern erst, als sie beschlossen hatte, zu ihrer natürlichen dunkelblonden Haarfarbe zurückzukehren.

Der Sinneswandel

Als Gabi ihrem Vater davon berichtete, dass sie sich zum Studium angemeldet hatte, sagte er nur: „Wenn du meinst, dass du das durchhältst und bezahlen kannst."

Gabis Vater war mit Brüdern groß geworden und hatte als Marineoffizier auch nur mit Männern zu tun. Ihre Mutter war zehn Jahre jünger als er und entsprach genau seinen Vorstellungen. Sie war eine liebevolle Ehefrau und Mutter und eine tadellose Offiziersgattin. Bei ihren persönlichen Ansprüchen war sie bescheiden. Zum Beispiel nähte sie neue Kleider selber. Gabis Vater sorgte verantwortungsbewusst für seine Familie. Dass Töchter auch Geld für ihre Garderobe oder ihre Ausbildung brauchten, war für ihn jedoch eine immer wieder neue Erfahrung.

Gabi studierte und arbeitete im Wechsel. Manchmal war sie am Vormittag in einem Büro und nachmittags in der Uni, oder sie nutzte die Semesterferien zum Geldverdienen, entweder wieder in der Botschaft von Senegal oder in der Tunesisch-deutschen Kammer für industrielle Entwicklung und im Verteidigungsministerium. Gabis Mutter unterstützte ihre Kinder auf ihre Weise, indem sie die Töchter nicht zu Hausarbeiten heranzog, sondern ihnen den Freiraum gab zum Lernen oder Arbeiten, um finanziell klarzukommen.
Während der ersten sechs Semester konnte Gabi sich gelegentlich einen kurzen Aufenthalt in Frankreich leisten. Für ein Auslandssemester jedoch fehlte ihr das Geld.

Mai 1967, Gabi saß an ihrem Schreibtisch. Sie hatte sich auch Lehrbücher der Geographie auf Französisch besorgt. So ersetzte sie den notwendigen Auslandsaufenthalt durch Fleiß. Da klopfte es an ihrer Zimmertür. Es war ihr Vater.

„Du lernst?", fragte er und setzte sich auf einen kleinen Sessel, der neben dem Fenster stand. Gabi nickte.

„Du könntest ein Auslandssemester gebrauchen?", fuhr er fort.

„So ein Auslandsaufenthalt ersetzt viel Pauken am Schreibtisch", bestätigte Gabi.

„Es müsste ja nicht gerade Paris sein", äußerte ihr Vater.

Worauf wollte er hinaus?

Verwundert erzählte Gabi: „Meine Freundin Sabine hat sich fürs Sommersemester in Grenoble angemeldet. Da sind in diesem Jahr die Zimmer günstig, weil sie nicht ausgebucht sind. Die ganze Stadt ist nämlich eine einzige Baustelle wegen der bevorstehenden olympischen Winterspiele."

„Würden dir dreihundert Mark im Monat helfen?", fragte der Vater.

„Ja, ja natürlich. Sabines Zimmer im Studentenwohnheim kostet nur achtzig Mark im Monat. Damit und mit dem, was ich mir verdient habe, käme ich aus", überlegte Gabi laut.

„Also sieh zu, dass du noch ein Zimmer fürs Sommersemester bekommst", sagte ihr Vater und stand auf.

„Vati!" Gabi umarmte ihn stürmisch. „Danke." Ihr Vater drückte sie und fügte mit seiner tiefen Stimme ungewohnt leise hinzu: „Du wirst es schon machen. Wir sind stolz auf dich."

Ein Erstsemester!

Gespannt überquerte Gabi den von Arkaden umgebenen Innenhof des Kurfürstlichen Schlosses in Bonn und ging zum „Hörsaal E" – E wie Erfrischungsraum. Seit drei Jahren studierte sie in diesem geschichtsträchtigen Gebäude Romanistik, Geographie und Pädagogik. Allmählich wurde es Zeit, dass sie sich aufs Examen vorbereitete. Also musste Gabi jede Gelegenheit, ihre französischen Sprachkenntnisse durch Konversation zu üben, beim Schopfe fassen.

Und heute, am 22. Mai 1967, sollte zum ersten Mal ein Partnerschaftsball zwischen Villemomble, einem Ort in der Nähe von Paris, und Bonn stattfinden. Dabei ging es Gabi wirklich nur um die Sprache! Der sprichwörtliche Charme von Franzosen würde ihr nichts anhaben können, denn von Männern hatte sie erst einmal genug. Der letzte Freund war eine große Enttäuschung gewesen.

Der Hörsaal E sah heute ganz verändert aus. Die kleinen Tische waren zu langen Tafeln zusammengestellt, so dass in der Mitte eine Tanzfläche entstanden war. Ein Plattenaufleger war dabei, seine Anlage zu installieren. An den Wänden hingen eine deutsche und eine französische Flagge sowie Poster vom Eiffelturm und anderen Pariser Sehenswürdigkeiten.

Gabis Freundin war schon da und hatte ihr einen Platz an einem der langen Tische freigehalten. Am anderen Ende saßen drei junge Franzosen und lachten herüber. Gabi lachte zurück. Das fing ja gleich gut an!

Der Plattenaufleger begann mit dem Lied „Puppet on a String" von Sandie Shaw. Der größte von den jungen Männern am anderen Ende des Tisches kam auf Gabi zu, verbeugte sich schon leicht im Gehen und sagte etwas dazu, was sie nicht verstand. Die Musik war zu laut. Aber die Aufforderung zum Tanz war eindeutig.

Gabi und der Franzose tanzten. Er führte verdammt gut.

„Vous êtes de Villemomble?", fragte Gabi. Er reagierte nicht.

„Vous dansez bien. Vous aimez danser?" Ihr erneuter Versuch, Konversation zu machen, zeigte keinen Erfolg. Ihre französische Aussprache war doch eigentlich nicht schlecht. Vielleicht war er schüchtern.

Er ließ Gabi – dem Rhythmus der Musik entsprechend – in seinem Arm ein- und ausdrehen.

Dann sagte er: „Ich spreche leider kein Französisch. Verstehen Sie Deutsch?"

„Seit meiner Geburt", antwortete Gabi lachend. Das Lied war zu Ende. Gabi tänzelte zu ihrem Platz zurück.

Als sie wieder neben ihren Kommilitoninnen Platz genommen hatte, klärten diese sie auf: „Das sind deutsche Studenten der Betriebswirtschaft. Die sind hier, weil es bei den Romanisten einen Frauenüberschuss gibt, also abgehakt. Wo sind denn die französischen Studenten?"

„Weiß nicht", murmelte Gabi und dachte, vielleicht musste man ja doch nicht gerade heute die französischen Sprachkenntnisse auffrischen. Er tanzte so gut und hatte so ein verschmitztes Lachen. Ob er sie wohl wieder auffordern würde? Fragend sah Gabi zu ihm hinüber. Er verstand ihren Blick zu deuten.

„Na," sagte er, „nimmst du auch bei dem nächsten Tanz mit mir vorlieb, obwohl ich kein Franzose bin?" Gabi nickte verlegen. Sie fühlte sich ertappt.

Er stellte sich vor: „Meine Name ist Martin Brinkhoff."

„Ah, monsieur Brink'off, enchanté. Ich heiße Gabi Junghans."

„Bonjour mademoiselle Jung'ans", konterte Gabis Tanzpartner.

„Du sprichst ja doch Französisch?"

„Na ja, damit erschöpft sich auch schon mein Wortschatz in dieser Sprache. Ich habe zuerst Russisch und dann Englisch gelernt. Ich bin mit 16 zusammen mit meinen Eltern und einem Bruder aus der

DDR geflüchtet", erklärte der Nicht-Franzose Martin.

Die nächsten Stunden tanzten Gabi und Martin zusammen oder unterhielten sich, als wären sie für diesen Abend verabredet gewesen. Dabei stellten sie fest, dass sie beide in Bonn-Lengsdorf wohnten. Der letzte Bus dorthin ging um Mitternacht. Man könnte ja gemeinsam ein Taxi nehmen. 24.00 Uhr war wirklich zu früh!

Martin war im ersten Semester. Durch den Schulwechsel von der DDR in die Bundesrepublik hatte er ein Jahr verloren, anschließend Bundeswehr, und außerdem stellte sich heraus, dass er ein Jahr jünger war als Gabi.

Für Martin würde sie die erste Flamme im Studium sein. Also durfte sie sich auf keinen Fall in ihn verlieben, aber die Gefahr bestand ja sowieso nicht. Schließlich wollte sie gezielt ihr Examen angehen und war nicht auf Männerfang. Doch ein gemeinsames Taxi, das war sicher eine gute Idee.

Um 1.30 Uhr ließ der Taxifahrer die beiden Studenten wunschgemäß an der Ecke Glockenstraße/Im Ringelsacker aussteigen, denn hinter Gabis Elternhaus musste es einen Feldweg geben, auf dem Martin direkt zu seiner Studentenbude gehen konnte.

„Interessanter Name, ‚Ringelsacker'", sagte Martin.

„Ja, die Straße ringelt sich um ein heutiges Wohngebiet, das ehemals Acker war."

„Ist sie lang?"

„Nein, überschaubar."

„Es ist ziemlich warm, dafür dass wir erst Ende Mai haben. Was hältst du von einem Spaziergang einmal um den Ringelsacker?"

Gabi zögerte einen Augenblick. Doch dann antwortete sie: „Die Nachtluft tut uns bestimmt gut nach dem verräucherten Hörsaal E." Dabei öffnete sie ihre Schultertasche, nahm ein paar flache Slipper heraus und erläuterte: „Die waren für den Weg zum Bus gedacht." Martin reichte ihr seine Hand, damit sie sich beim Wechseln der Schuhe abstützen konnte und ließ sie nicht wieder los. Gabi tat so, als bemerkte sie es nicht. Sie gingen mitten auf der Straße ‚Im Ringelsacker'.

Martin erzählte, dass seine Eltern und ein Bruder einen Bauernhof in Ostwestfalen hätten und sein ältester Bruder mit seiner Familie in der DDR wohnte. Er fragte auch und hörte zu, wenn Gabi von ihrem Traum, Lehrerin zu werden, erzählte.

Manchmal sprachen sie nicht weiter. Man hörte nur das leise Aufsetzen ihrer Schuhe auf dem Asphalt. Auf der rechten Seite versteckten sich Bungalows hinter dichten Hecken, auf der anderen Seite lugten viergeschossige Wohnblöcke hinter blühenden Kastanienbäumen hervor. Es roch nach Flieder. Schließlich standen sie vor Gabis Elternhaus.

„Hier wohnst du also? Du sprichst so gar nicht rheinländisch. Bist du hier aufgewachsen?"

„Nein, mein Vater ist Marineoffizier. Vor vier Jahren ist er ans Verteidigungsministerium versetzt worden."

„Da hab ich ja Glück gehabt, dass du jetzt hier wohnst."

„Und du, warum studierst du in Bonn?"

„Mein Onkel arbeitet im Wirtschaftsministerium."

„Soll ich jetzt auch sagen, ich habe Glück gehabt, dass du hier einen Onkel hast?", fragte Gabi keck. Martin wollte ihr gerade auf direktem Wege den vorlauten Mund verschließen, da schrillte ein heller Ton durch die Nacht. Erschrocken starrte er auf die Klingel neben dem Namensschild.

„Meine Mutter hört das Läuten nicht. Sie stopft sich Oropax in die Ohren. So weiß sie, dass sie nicht lauschen muss, wann ich nach Hause komme und kann einschlafen. Mein Vater ist zwar schwerhörig, aber helle Töne hört er gut." Bei diesen Worten schloss Gabi leise die Haustür auf.

Da ertönte von oben eine energische Stimme: „Junger Mann, wenn Sie schon nachts um drei mit meiner Tochter vor der Haustür stehen, dann nehmen Sie wenigstens den Arm von der Klingel."

Dann machte es ‚klack', und die Tür zum Schlafzimmer von Gabis Eltern war wieder zu.

„Rumms!", sagte Martin. „Da habe ich mich ja gut eingeführt. Kriegst du jetzt Ärger?"

„Nein, mein Vater meint es nicht böse. Er hat eher Spaß an solchen Bemerkungen. Trotzdem sollte ich jetzt doch reingehen", flüsterte Gabi.

„Wie ist deine Telefonnummer?"

Gabi zögerte kurz, dann antwortete sie: „624834"

„Ich rufe dich an."

Gabi nickte und machte langsam die Haustür hinter sich zu. Sie ging zu Bett, aber einschlafen konnte sie nicht!

Ob er sich wohl melden würde – dieser Nicht-Franzose?

Riverboatfahrt

Gabi lief im Haus hin und her und war zu keiner vernünftigen Handlung fähig. Warum rief er nicht an? Das Telefon lag auf der Lauer, wie eine Katze, die zum Sprung ansetzte. Natürlich war Gabi keine Maus, die sich fangen lassen wollte. Nein! Er war ja viel zu jung, ein Erstsemester! Aber wie sollte sie sich verhalten, wenn sie ihm zufällig begegnen würde? Er hatte versprochen anzurufen. So etwas sagte man doch nicht, wenn man gar nicht die Absicht hatte, sich wieder zu melden. Oder hatte er es sich anders überlegt?

Da klingelte das Telefon. Martin war's. Er könnte sich im Moment nicht verabreden. Er müsste nach Hause fahren. Sein kleiner Neffe würde am Wochenende getauft. Er würde sich in der nächsten Woche wieder melden.

„Macht nichts. Wie soll der Kleine denn heißen?", fragte Gabi so locker und unbeteiligt wie möglich.

„Kai."

Das Telefongespräch ging ohne weitere Verabredung zu Ende.

Ob das mit der Taufe wohl stimmte? Aber warum hätte er so etwas erfinden sollen.

Am Wochenende versuchte Gabi zu lernen und ärgerte sich über sich selbst, weil es ihr nicht gelingen wollte. Ein Erstsemester! Da war der Liebeskummer doch schon vorprogrammiert. „Ich werde ihm absagen, wenn er sich meldet, um sich zu verabreden", beschloss Gabi.

Drei Tage später klingelte das Telefon. Es war Martin Brinkhoff.

„Na, wie war die Taufe?", erkundigte sich Gabi forsch.

„Sehr schön. Meine Eltern sind so glücklich, dass sie nun ein Enkelkind im Haus haben, an dem sie sich freuen können. Mein ältester Bruder, der bei unserer Flucht drüben geblieben ist, hat inzwischen schon vier Kinder. Doch die sind durch die Mauer weit weg von uns.

Aber weshalb ich anrufe. Hast du Lust, am Samstag mit mir eine Riverboatfahrt mit Tanz auf dem Rhein zu machen?"

„Ja, gern", hörte Gabi sich sagen.

„Um 18.00 Uhr fährt das Schiff. Ich hol dich um 17.00 Uhr ab. Mit dem nächsten Bus sind wir dann pünktlich am Anleger."

Gabi war einverstanden. Hätte sie ablehnen sollen? Eine Riverboatfahrt mit Tanz! Davon hatte sie schon geträumt, als sie noch in Bremerhaven wohnte und erfahren hatte, dass ihr Vater nach Bonn versetzt worden war. Nein, diese Einladung konnte sie nicht ablehnen. Sie musste sich deshalb ja nicht gleich in Martin verlieben. Und außerdem – drei Tage später würde sie für das geplante Sommersemester nach Grenoble fahren. Damit wäre das Abenteuer ‚Erstsemester Martin Brinkhoff' sowieso abgeschlossen.

Was zog man bei so einer Tanzfahrt am besten an? Ein Kleid? Das kleine Blaue, das sie zum Partnerschaftsball getragen hatte? Nein, zu langweilig. Brauchte sie nicht sowieso dringend ein neues Sommerkleid? Sie kontrollierte ihre Finanzlage im Hinblick auf ihren bevorstehenden Frankreichaufenthalt und kaufte ein orange-lila gemustertes Hängerchen. Diese farbenfrohen Minikleider waren zur Zeit der letzte Schrei.

Samstagabend, 23.00 Uhr.

„Ist dir kalt?", fragte Martin.

„Nein, nein, es geht", Gabi versuchte nicht zu zittern, denn natürlich fror sie in ihrem kurzen Kleid. Für eine neue passende Jacke hatte sie dann doch zur Zeit kein Geld investieren wollen. Martin zog sein Jackett aus und hängte es über Gabis Schultern. Dabei legte er seinen Arm um sie. Gabi rührte sich nicht. Auf den Gedanken, dass man ja wieder hinunter in den Bauch des Rheindampfers gehen könnte, kam sie nicht, obwohl sie dort wunderbar harmonisch getanzt hatten. Gabi hatte sich in ihrem neuen Sommerkleid sehr wohl gefühlt. Dann hatte Martin vorgeschlagen, ein wenig an die frische Luft zu gehen, und so saßen sie jetzt an Deck des Schiffes.

Inzwischen waren sie auf dem Rückweg rheinaufwärts von Remagen nach Bonn. Man glitt an der Insel Grafenwerth vorbei. Der angestrahlte Drachenfels kam in Sicht, dann Königswinter. Gabi hörte das leise Plätschern des Wassers an der Bootswand und die Tanzmusik aus dem Inneren des Schiffes. Der Mond und die Sterne am Himmel leuchteten mit den Laternen am Ufer um die Wette. Die Nachtluft war so kühl, dass Martin Gabi noch fester umarmen musste, um sie zu wärmen. Als er sie küsste, war ihr wunderbar heiß in ihrem dünnen neuen Sommerkleid und seinem Jackett.

Dienstagfrüh, 8.30 Uhr. Gabi schob das Fenster ihres Zugabteils herunter.

Auf dem Bahnsteig stand Martin und rief: „Und schreib gleich, wenn du gut angekommen bist." Gabis Antwort ging bereits in dem Geratter der anfahrenden Zugräder unter. Sie ließ sich auf ihren Fensterplatz fallen. Ihr gegenüber saß Sabine, mit der sie diese drei Monate Sommerakademie in Grenoble gebucht hatte.

Ihre Freundin bemerkte grinsend: „Und das war der junge Mann, in den du dich nicht verliebt hast?" Gabi seufzte hörbar, sich selbst konnte man noch etwas vormachen, einer besten Freundin jedoch nicht.

Kettenkarussell

„In wenigen Minuten erreichen Sie Bonn Hauptbahnhof. Sie haben Anschluss nach …". Gabi hörte nicht weiter zu. Sie stand bereits seit zehn Minuten mit ihrem Koffer in der Nähe der Tür.
Würde Martin auf dem Bahnsteig sein, um sie abzuholen? Sie hatte ihm ihren Ankunftstermin rechtzeitig mitgeteilt, aber drei Monate Abwesenheit waren eine lange Zeit. Schließlich hatten sie sich erst kurz vor ihrer Abreise kennengelernt.

Die Intensivkurse an der Uni in Grenoble hatten ihren französischen Sprachkenntnissen den letzten Schliff gegeben. Gabi arbeitete bereits gezielt auf ihr Examen hin, während Martin wegen der Bundeswehrzeit gerade mal im ersten Semester war. Gabi war inzwischen klar, dass sie vergeblich versucht hatte, sich nicht in ihn zu verlieben. Aber wie würde ihre Beziehung nun weitergehen? War sie für ihn vielleicht doch nur ein erster Flirt am Anfang seines Studiums?
Der Zug hielt. Gabi wuchtete ihren Koffer auf den Bahnsteig. Nur einen Augenblick später umfassten sie zwei starke Arme. Eine Stimme, die ihr vertraut war, als kennten sie sich schon seit Jahren, sagte: „Schön, dass du wieder da bist." Gabi erzählte von der Fahrt, dem Aufenthalt in Grenoble und ihrer Freundin Sabine, die noch dort geblieben war. Sie redete sich ihre ganze Anspannung von der Seele.
Als Martin auch zu Wort kam, erzählte er: „Du, mein Freund Paul besucht morgen mit seiner Verlobten Pützchens Markt. Er hat ein Auto und fragt, ob wir Lust haben mitzukommen." Gabi zögerte.
Begeistert fügte Martin hinzu: „Das ist der größte Jahrmarkt im Rheinland!"
„Prima. Ich komme gerne mit", behauptete Gabi, denn jede

gemeinsame Aktivität mit Martin war ihr recht.

Als Gabi, Martin, Paul und Dorothea am nächsten Tag den Rhein im Stop-and-go-Verkehr überquerten, glaubte Gabi noch, dass sie einen fröhlichen unbeschwerten Abend vor sich hätten, obwohl der Gedanke an Karussells in ihr seit ihrem ersten Kirmesbesuch ein mulmiges Gefühl aufkommen ließ.

Damals wohnten sie in Frielendorf. Gabi war sechs Jahre alt und damit schon so groß, dass man ihr das Karussellfahren zutraute. Mit gemischten Gefühlen hatte sie auf einem der schaukelnden Sitze Platz genommen.

Ihr Vater hakte eine Kette vor ihr ein. „Halt dich schön fest!", ermahnte ihre Mutter sie. Dann ging es los! Höher und höher flog sie – immer im Kreis herum. Ihr wurde schlecht. Der Flug ging immer weiter, noch höher. Verschwommen nahm sie ihre Eltern wahr. Zurückwinken konnte sie nicht. Krampfhaft klammerte sie sich an die Ketten, an denen der Sitz hing. Sie sackte wieder tiefer und dachte: „Mein Bauch bleibt oben, er kommt nicht mit." Endlich hielt das schreckliche Ding an. Ihr Vater half ihr beim Aussteigen. Sie ging zwei Schritte zur Seite und musste sich übergeben.

Es war so peinlich, aber sie konnte doch nichts dafür! Die Leute guckten. Etwas von dem Ausgespuckten war auf ihren Rock gekommen.

Gabi sah noch genau vor sich, wie ihre Mutter versucht hatte, es mit einem Taschentuch wegzuwischen.

Da holte Martin sie mit den Worten „Du bist so blass. Is' was?" in die Gegenwart zurück.

„Nein, alles in Ordnung", behauptete Gabi.

Als die vier in Pützchen ankamen, hörten sie schon von weitem den „Jailhouse Rock", „Yellow Submarine", „Ganz in Weiß, mit einem Blumenstrauß", alles bunt durcheinander und laut, von einer Anziehungskraft, die kein Entrinnen mehr zuließ.

„Wo sollen wir uns treffen, falls wir uns verlieren?", fragte Dorothea.

„Gibt es heute noch ein Kettenkarussell so wie früher?", rutschte es Gabi heraus.

„Ja, sicher, moderne Nachfolger findest du auf jedem Rummelplatz", meinte Paul.

„Willst du Kettenkarussell fahren? Dann lass uns eins suchen", ging Martin auf Gabis vermeintlichen Vorschlag ein.

„Nein, das muss jetzt nicht sein", versicherte Gabi schnell.

Sie fuhren Autoskooter. Martin und Gabi küssten sich im Riesenrad hoch oben über der Welt aus glitzernden Lampen, sich drehenden Fahrgeschäften und aktuellen Schlagern. Martin kaufte Gabi einen Liebesapfel.

„Jetzt fahren wir mit der Achterbahn, das ist spitze", schlug er vor. Es war keine Frage – Gabi musste mit. Achterbahn ist kein Karussell. Das vertrug sie bestimmt, redete sie sich ein. Schon in der ersten Minute merkte sie, dass sie sich geirrt hatte. Die Achterbahn konnte leider mit dem Kettenkarussell ihrer Kindheit durchaus konkurrieren. Es ging steil nach oben und dann fast senkrecht nach unten direkt in eine Drehung hinein, so dass ihr Magen nicht mehr wusste, wo oben und unten ist. Tapfer hielt sie durch.

Nach der Fahrt murmelte Gabi „Moment, ich bin gleich wieder da" und verschwand blitzschnell hinter dem Kassenhäuschen. So eine peinliche Situation wie damals in Frielendorf wollte sie nicht noch einmal erleben! Martin gelang es nicht, ihr zu folgen. Zu viele Menschen drängelten sich vorbei.

Es dauerte eine ganze Weile, bis ihr Magen Ruhe gab und sie wieder festen Boden unter den Füßen spürte. Sie kämpfte sich zurück zum Eingang der Achterbahn. Ihre Freunde konnte sie nirgendwo entdecken. Die waren wohl schon auf der Suche nach ihr.

Gabi dachte noch: „Ich darf mich hier nicht wegrühren, dann

finden sie mich", als plötzlich ein Mann von gewaltiger Körpergröße vor ihr stand und brüllte: „Na Puppe, wie wär's mit uns beiden?"

Die Augen des Riesen krochen von ihren Füßen langsam aufwärts. Mein Gott, hätte sie doch bloß nicht diesen verdammt kurzen Minirock angezogen! Gabi duckte sich, versuchte in der Menge unterzutauchen. Sie war allein in einem tosenden Meer von grellen Lichtern, dröhnender Musik und singenden Kirmesbesuchern. Wo waren Martin, Paul und Dorothea? Auf welchem der vielen Parkplätze stand das Auto?

Der Mann schien sie mit dem Instinkt eines Tieres zu verfolgen. Immer wenn Gabi sich in der Hoffnung, ihn abgeschüttelt zu haben, umschaute, blitzten die gierigen Augen wieder vor ihr auf.

Eine Gruppe junger Mädchen kam kreischend aus einem Zelt und zog kurz seine Aufmerksamkeit auf sich. Gabi nutzte den Augenblick der Ablenkung, um sich hinter der Geisterbahn zu verstecken – und lief direkt einem Mann in die Arme, der aussah wie Mephisto. Daneben grinste sie ein zweites Gesicht an, hager wie ein Geier. Gabi war wie gelähmt, konnte nicht schreien. Der Mephisto drehte ihre Arme nach hinten.

Der Hagere trank aus einer Flasche, dann griff er mit der anderen Hand nach Gabis Kinn und grölte: „Davon trinkst du jetzt auch, mein Schätzchen, das hilft! Und dann haben wir richtig Spaß mit dir." Ihr Kinn schmerzte entsetzlich. Sie spürte schon die lauwarme Flasche an ihren Lippen und die Hand des Mephisto unter ihrem Rock, da stürzten die beiden Kerle mit dem Gesicht auf die Erde, als wenn ihnen jemand die Beine weggetreten hätte.

Eine große kräftige Hand packte Gabi mit dem Ausruf „Komm schnell!" am Handgelenk. Gabi erkannte die Stimme des Riesen. Dieser zog sie weg, so dass sie hinterher stolperte, um die Geisterbahn herum wieder unter Menschen. Mit seiner ganzen Körperfülle verschaffte sich der Riese einen Weg, bis er mit Gabi einige Buden entfernt vor einer beleuchteten Auslage haltmachte. Dort wurden rote Himbeerbonbons, rosa Waffeln und kleine mit Liebesperlen gefüllte durchsichtige Spazierstöcke angeboten.

„Du musst keine Angst haben", sagte der Riese mit einer normalen tiefen Stimme und ließ Gabis Hand los. Leiser fügte er hinzu: „Ich wollte mit dir einen heißen Abend verbringen – freiwillig, nicht gewaltsam wie diese Schweine. Was treibst du dich hier überhaupt alleine rum?"

„Ich bin mit Freunden hier", verteidigte sich Gabi schwach.

„Schöne Freunde! Wo sind die denn? Bist du irgendwo verabredet? Ich bring dich hin."

„Weiß nicht", flüsterte Gabi. Ihre Stimme wollte ihr noch immer nicht gehorchen.

„Wie – weiß nicht", reagierte der Riese verdutzt.

„Gibt es hier ein Kettenkarussell?", fragte Gabi. Der Mann schmunzelte.

Dann wandte er sich an die Verkäuferin in der Süßigkeitenbude: „Hei, Susi, Zuckerpuppe. Wo ist der Kettenflieger?"

Die Frau hinter den Bonbons und gebrannten Mandeln antwortete: „Neben Jupps Pommesbude."

„Alles klar", antwortete der Riese, nahm Gabi an die Hand und bahnte erneut einen Weg durch das fröhliche Gewühl.
Da sah Gabi es: Ein großes doppelsitziges Kettenkarussell. Der Riese schob sie die Stufen zum Kassenhäuschen hinauf. Gabis Augen suchten verzweifelt nach den ihr vertrauten Gesichtern. Was sollte sie tun, wenn Martin sich nicht an ihr Kettenkarussell erinnert hatte?
Plötzlich stand Martin vor ihr und nahm sie in die Arme.

Dann sagte er erleichtert: „Gott sei Dank, dass du da bist. Wir haben dich überall gesucht. Was ist passiert?"

Gabi sah die fragenden Augen des Riesen und stammelte: „Ich, äh, mir war schlecht. Ich habe mich verlaufen." Das Gesicht des kräftigen Mannes entspannte sich. Mit einem kaum merklichen

Kopfnicken verabschiedete er sich und verschwand in der Menge, ohne sich noch einmal umzudrehen.

„Verlaufen? Du warst auf einmal wie vom Erdboden verschluckt. Wir haben dich überall gesucht." Martin trocknete liebevoll ihre Tränen und fügte hinzu: „Ich hatte solche Angst um dich."

„Ich erzähl's dir später", flüsterte Gabi. „Ich bin so froh, wieder bei dir zu sein."

Martin nahm ihre Hand und sagte: „Ich lass dich nie wieder los." Da fühlte Gabi sich mitten in dieser lauten Kirmes wunderbar wohlbehütet.

Familie Brinkhoff wird größer

Gerhard und Birgit waren noch jung, als sie im April 1961 heirateten. Er war 22 und sie erst 19 Jahre alt. Gerhard machte einen Neuanfang in der Landwirtschaft und Birgit ein Fernstudium, um Kindergärtnerin zu werden.
Gemeinsam waren sie stark und glücklich. Der lebende Beweis sind ihre vier Kinder Christiane, Frank, Hanna und Martina, die in den Jahren 1962 - 1966 zur Welt kamen.

Peter hat sich schon bald nach der Flucht verliebt und seine Marion geheiratet. 1967 wurde Kai geboren, wie wir aus der Geschichte „Ein Erstsemester!" wissen. Ihr zweiter Sohn Sascha kam 1968 zur Welt. Mehr über Marion und Peter werden wir in der Erzählung „Anne und Marion" erfahren.

Die Freundschaft zwischen Martin und Gabi hielt – auch als Martin studienhalber nach Münster wechselte und Gabi ihr Examen in Bonn machte.

Rote Kirschen

Dezember 1968. Martin und Gabi waren nun schon seit eineinhalb Jahren befreundet. Endlich sollte Gabi Martins Bruder Peter und dessen Frau Marion kennenlernen. Gabi wohnte noch in Bonn bei ihren Eltern und hatte gerade ihre Examensarbeit fürs erste Staatsexamen abgegeben. Martin setzte seit Beginn des Wintersemesters sein Studium der Betriebswirtschaft in Münster fort. Dort sollte dieses erste Treffen stattfinden.

Würde Gabi sich mit Marion verstehen? Was sollte sie anziehen? Ihren roten Hosenanzug, zu dem sie auch einen passenden Rock besaß? Die Hose saß ziemlich eng, der Rock war verdammt kurz, und überhaupt knallrot, nein, das kam nicht in Frage. Marion, die Bäuerin, würde bestimmt etwa Solides anhaben. Also verlangte dieser besondere Anlass nach einer Neuanschaffung! Gabi entschied sich für ein hellgrau kariertes Kleid mit kleinem weißen Kragen, um einen braven Eindruck zu hinterlassen.
Zu Hause angekommen fand sie das Kleid zu farblos. Es passte eigentlich überhaupt nicht zu ihrem Temperament. Gabi entdeckte in ihrem Fundus ein feines rotes Tuch. Geschickt ließ sie es unter dem weißen Kragen des Kleides hervorblitzen. Schon besser. Da brachte ihr ihre Mutter eine Brosche, bestehend aus drei leuchtend roten Kirschen und zwei grünen Blättern. Das war der optische Pfiff.

Man traf sich zunächst in Martins anderthalb Zimmern, einer Studentenbude, die nicht durch die Wohnung der Vermieterin, sondern direkt zugänglich war. Das war wichtig, denn Wirtinnen, die Damenbesuch in den Zimmern ihrer Untermieter zuließen, konnten wegen Kuppelei bestraft werden.

Gabi war so rechtzeitig aus Bonn gekommen, dass sie ihre Reisetasche sorgfältig in Martins Kleiderschrank verstecken konnte. Für ihre Eltern wohnte sie bei einem befreundeten Ehepaar, für Peter und Marion in einem Hotel in der Nähe von Martins Studentenbude. Schließlich waren sie noch nicht verheiratet, noch nicht einmal verlobt, nur ganz persönlich versprochen, was aber noch niemand wusste. Und Gabi war ein ehrenwertes Mädchen im grauen Kleid – aber mit roten Kirschen!

Martins Bruder und Frau kamen mit dem Auto aus Ostwestfalen direkt vom Bauernhof, dem Elternhaus von Martin. Sie wollten in der Nacht wieder zurückfahren. Sie waren pünktlich. Martin öffnete die Tür. Herein kam eine schicke junge Dame mit moderner Hochsteckfrisur in einer zarten weißen Bluse mit Jabot, einem runden leicht halsfernen Kragen, von dessen vorderer Mitte ein kleiner Wasserfall aus weißen Rüschen herunterfiel, sehr elegant! Die Männer trugen, wie es damals selbstverständlich war, weiße Oberhemden mit Krawatte.

Nachdem man sich vorgestellt hatte, fuhren alle gemeinsam zum Abendessen in die Tenne.

Es wurde ein fröhlicher Abend. Die schlichte Großstädterin und die schicke Bäuerin verstanden sich prächtig.

Zu später Stunde setzten Peter und Marion, Gabi vor ihrem Hotel ab und Martin drei Straßenecken weiter – angeblich ganz in der Nähe seiner Studentenbude. Während die Ostwestfalen wieder nach Hause fuhren, wartete Gabi neben dem Hotel auf Martin.

Außerordentlich guter Dinge marschierten die „Fastverlobten" anschließend die zweieinhalb Kilometer zu Martins separater Wohnung, wobei er Gabi bereits in lebhaften Farben ausmalte, dass sich rote Kirschen auf der nackten Haut eines verruchten Stadtpflänzchens besonders gut machten.

Martin sin Luit

Es war vier Uhr morgens. Gabi stand auf dem Hof von Martins Elternhaus, die Schuhe in der Hand, in seidenen Strumpfhosen, langem Abendkleid und mit vom Tanzen schmerzenden Füßen.

Martin hatte ihr gerade eine Tür geöffnet und gesagt: „Mach bitte nur einen Schritt hinein. Wir nehmen immer diese Tür, wenn es spät geworden ist, so brauchen wir keinen Haustürschlüssel."

Dann war er verschwunden. Um sie herum war es stockfinster. Es roch seltsam warm. Gabi spürte, dass sie nicht allein war. Man hörte schnaufendes Atmen. Sie wagte sich nicht zu rühren. Sie wartete.

„Es war ein wunderbares Fest", dachte Gabi „eine richtige Bauernhochzeit!" Sie hatte noch nie eine solche Hochzeit mitgemacht. Fast einhundert Gäste! Und alle gehörten sie irgendwie zur Familie.

Gabi hatte bis Mittag arbeiten müssen und war gerade rechtzeitig zur Trauung in der Kirche eingetroffen. Sie war zum ersten Mal bei ihrem Freund zu Hause in dem Ortsteil mit dem seltsamen Namen Kümmerdingsen. Der Unterhaltung in westfälischem Platt hatte sie an dem Abend nicht immer folgen können. Den Satz „Dat is Martin sin Luit" hatte ihr ein Cousin ins Hochdeutsche übersetzt: „Das ist Martins Mädchen."

Plötzlich ging das Licht an. Gabi stand im Stall direkt hinter dem dicken Hintern einer im Stehen dösenden Kuh. Sie hätte wirklich keinen Schritt vorwärts machen dürfen.

Einen Augenblick später war Martin bei ihr, sah sie liebevoll an und sagte: „Hättest du dir jemals träumen lassen, dass du einmal hier landen würdest?"

Ohne ihre Antwort abzuwarten führte Martin Gabi durch den schwach beleuchteten Kuhstall über eine große Diele eine Treppe hinauf in ihre Schlafkammer. An der linken Wand stand ein Bett, dessen Daunenkissen schneeweiß bezogen waren, auf der rechten Seite ein alter Eichenkleiderschrank. Auf einer Kommode befand sich eine große Keramikschüssel und daneben ein Krug mit Wasser sowie ein Schälchen mit Seife.

Martin fasste unter die Daunendecke des Bettes und zog eine kupferne, heiße Wärmflasche hervor.

Mit den Worten „Die hat Mama für dich dort hingelegt" nahm er die Wärmflasche unter den Arm und schob Gabi sanft in ein anderes Zimmer. Ein altdeutsches Doppelbett mit gedrechselten Kugeln auf den Bettpfosten und einem hellblauen Himmel darüber schien diesen Raum nahezu auszufüllen.

„Deine Mama?", flüsterte Gabi nachdenklich.

„Was geht dir durch den Kopf?" Martin sah Gabi fragend an.

„Haben Deine Eltern eigentlich etwas über mich gesagt?"

Statt einer Antwort nahm Martin Gabis Hand, legte sie kurz auf die glänzende Wärmflasche, bevor er diese in s e i n Bett schob, und sagte: „Spürst du, wie warmherzig du in unsere Familie aufgenommen worden bist?"

Dann gingen beide gemeinsam zum Fenster, das von blauen sorgfältig in Falten gelegten Gardinen, auf denen sich kleine weiße Blümchen tummelten, umrahmt wurde. Hinter einer riesigen Eiche lugte der Mond hervor.

Gabi griff Martins Worte vom Kuhstall wieder auf: „Ob Neil Armstrong vor zwei Monaten bei seiner Landung auf dem Mond wohl genauso glücklich war wie ich, die ich hier in Kümmerdingsen gelandet bin?"

Da nahm Martin Gabi in den Arm. Sie fühlte sich wie Dornröschen, das von ihrem Prinzen wachgeküsst wurde. Der Geruch nach Kuhstall hatte sich in Rosenduft verwandelt.

Am nächsten Morgen ging Gabi in ihre Schlafkammer, zerwühlte das weiße Federbett und dachte: „Schade eigentlich, nun muss es wieder gewaschen und gemangelt werden."

Anne und Marion

Auf einer Anhöhe, etwa 500 Meter vom Hof seiner Eltern entfernt, hielt Martin an. Nachdem das laute Motorengeräusch des alten Renaults verstummt war, umgab ihn und Gabi eine friedliche Stille, die nur von dem aus der Ferne zu hörenden Tuckern eines Traktors unterbrochen wurde.

„Guck", stellte Martin fest, „Peter sitzt auf dem Trecker. Dann ist noch nichts passiert, und wir können hier einen Moment stehen bleiben."

„Im Märzen der Bauer die Rösslein anspannt" sang Gabi leise vor sich ihn.

„Du hast recht, die Stimmung erinnert an das alte Volkslied, auch wenn die Pferdestärken durch einen Motor ersetzt wurden", stimmte Martin zu.

„Euer Hof dort unten mit dem neuen Haus und dem alten Fachwerkhaus, den Stallungen und der Scheune, der alten Wassermühle und dem Teich daneben, dazwischen die großen Eichen - ein Maler könnte keine bessere Bildkomposition finden", schwärmte Gabi. Martin reagierte nicht. Gabi spürte, dass sie seine Gedanken nicht unterbrechen sollte.

Nach einer Pause sagte Martin: „Hier haben wir vor fast zehn Jahren auch angehalten, 1960, kurz vor Weihnachten, nach unserer Flucht aus der DDR. Damals bedeckte eine dünne Schneedecke die Landschaft, und das neue Wohnhaus war noch nicht da. Onkel Konrad hatte uns mit einem schwarzen VW Käfer vom Bahnhof in Löhne abgeholt. Als wir aus dem Zug stiegen, waren seine ersten Worte: ‚Eigentlich hatte ich mit euch noch gar nicht gerechnet.'"

„Wie, ich denke ihr solltet kommen, weil ihr auf dem Hof deiner Oma gebraucht wurdet?"

„Ja sicher, aber den genauen Zeitpunkt konnte man bei der totalen

Überwachung in der DDR nicht vorher mitteilen. Meine Oma war froh, dass wir da waren. Kannst du dir vorstellen, was für ein trostloses Weihnachtsfest wir hatten, in der ungewohnten Umgebung, die Familie auseinandergerissen, weil Gerhard drüben bei Birgit geblieben war?"

„Du vermisst deinen großen Bruder wohl sehr? Ich finde es toll, dass er sich aus Liebe für seine Freundin entschieden hat."

Plötzlich unterbrach Gabi ihre Überlegungen: „Da, sieh mal, das ist doch Marion, die da vor dem Haus den Hof fegt?"

Martin ließ den Motor an und murmelte: „Ich sag ja, es hat sich noch nichts getan."

Martin und Gabi umarmten ihre Schwägerin zur Begrüßung herzlich.

„Wie geht's euch beiden?", erkundigte sich Gabi und deutete dabei auf den unübersehbaren Bauch der jungen Bäuerin.

„Den Umständen entsprechend!", antwortete Marion. „Vielleicht hilft ja das Fegen. Bewegung ist immer gut." Als ob er diese Bemerkung verstanden hätte, nahm der eineinhalbjährige Sohn von Marion und Peter den großen Besen und schob ihn eifrig über den Hof. Martins Bemerkung „Gib nicht so an, Sascha nimmt dir doch die ganze Arbeit ab" ging im allgemeinen Gelächter unter.

„Wo ist Kai?", fragte Martin.

„Der sitzt bei Peter auf dem Trecker."

„Mit drei Jahren auf dem Trecker! Der wird ja frühzeitig angelernt", scherzte Gabi.

„Geht schon mal rein. Mama erwartet euch", sagte Marion und machte sich wieder schwungvoll an die Arbeit.

Anne Brinkhoff saß im Esszimmer und strickte. Sie hatte ihre grauen Haare mit einer Spange hinter dem Kopf zusammengesteckt. In ihrer frischen Bluse unter der Kittelschürze wirkte sie gepflegt, aber sie sah blass aus. Auf die Frage nach ihrem Befinden winkte sie ab. Sie wusste, wie es um sie stand. Auch Martin und Gabi wussten es. Der Krebs war zu spät entdeckt worden. Doch darüber sprach man nicht.

Stattdessen lenkte Gabi ab: „Marion will wieder zu Hause entbinden?"

Ihre Schwiegermutter nickte.

„Sie ist dieses Mal viel runder als bei den ersten beiden Kindern, und ihre Beine sind stark angeschwollen. Marion hält viel von der Hebamme. Aber, wenn es Komplikationen gibt ...", Martins Mutter sprach den Satz nicht zu Ende. Es war offensichtlich, dass sie sich Sorgen machte.

Martin zog sich einen Stuhl dicht neben den Platz seiner Mutter, umfasste ihre von der Arbeit gezeichneten Hände und versicherte: „Es geht bestimmt alles gut." Dabei dachte er daran, dass die nächste Klinik in Lübbecke auf der anderen Seite vom Wiehengebirge war und daher im Notfall nicht so schnell zu erreichen.

Die Tür ging auf. Konrad Brinkhoff sah um die Ecke und beschwerte sich: „Anne, mein Tee ist nicht fertig." Seine Schwester stand auf und ging in die Küche.

Solange sie ihrem Bruder noch den Tee kochen konnte, wollte sie es tun, auch wenn der Ton, in dem er sich äußerte, oft unerträglich war. Konrad war schwer verwundet aus der Kriegsgefangenschaft nach Hause gekommen. Zwei Mal hatte er die Ruhr gehabt, so dass sein Magen stark geschädigt war. Außerdem hatte er unter einem Kieferdurchschuss und abgefrorenen Zehen zu leiden.

Man hörte die Haustür zufallen. Kurz darauf kam Marion mit dem kleinen Sascha in die Küche. Sascha lief auf seine Oma zu und lachte sie an, einfach so, aus Freude, sie zu sehen. Anne nahm ihren Enkel in die Arme und drückte ihn an sich. Dabei wurde ihr wieder mal bewusst, wie viel Glück sie doch trotz all der schweren Stunden im Vergleich zu Konrad hatte.

Dann sah sie Marion prüfend an. Ihre Schwiegertochter sah seltsam erschöpft aus. „Es geht bestimmt heute Abend los", dachte Anne. Dabei beschlich sie eine nie gekannte Angst, es könne nicht alles glattgehen. Eine Geburt war doch das Normalste von der Welt – aber eben nicht immer. Was wäre bei einer Steißlage? Im Krankenhaus würde man heutzutage sofort einen Kaiserschnitt machen, bei einer Hausgeburt jedoch …?

„Geh zu Gabi und Martin ins Esszimmer, leg die Beine hoch, ich bringe euch Tee. Sascha kann bei mir in der Küche bleiben. Ich schäle ihm einen Apfel." Anne wollte sich nichts anmerken lassen. Vielleicht waren ihre Bedenken ja auch völlig unbegründet. Hoffentlich!

Marion nickte dankbar, ging ins Esszimmer und legte ihre Beine auf einen zweiten Stuhl.

„Erzähl was Schönes", schlug Gabi vor. „Wie habt ihr euch kennengelernt, du und Peter?"

Marions Augen leuchteten, denn daran erinnerte sie sich besonders gerne: „Du musst wissen, Peters landwirtschaftliche Ausbildung in der DDR wurde hier nicht anerkannt. Deshalb musste er nach der Flucht noch einmal auf einem Lehrbetrieb arbeiten. Wir haben beide dort am 1. April 61 angefangen, Peter in der Landwirtschaft und ich machte eine Hauswirtschaftslehre. Die Männer waren für die Stallarbeit verantwortlich und mussten deshalb um 5.00 Uhr aufstehen. Peter hatte die beliebte Aufgabe, die Frauen eine Stunde vor dem Frühstück zu wecken. Bei den anderen Frauen klopfte Peter nur an die Tür. Mich weckte er persönlich."

Marion stockte. Sie errötete wie ein junges Mädchen und fügte verlegen hinzu: „Das habe ich noch niemandem erzählt."

„Wann habt ihr geheiratet?", wollte Gabi wissen.

„Im Mai 1966. Ich war 25 und Peter 24. Als Onkel Konrad von unserer bevorstehenden Hochzeit hörte, war sein Kommentar: ,Dass Kinder schon heiraten müssen!'"

„Er hat euch das Leben schwer gemacht?"

„Ja, das kann man wohl sagen. Aber auf Mama haben alle gehört. Das musste so sein, denn beide Generationen haben in der Küche des alten Hauses gewohnt, Papa, Mama, Peter und ich. Onkel Konrad nahm die Wohnung des Pächters in Anspruch. Mama und Papa hatten nur eine Schlafkammer für sich. Onkel Konrad kam zum Essen. Für ihn stand immer ein kleiner emaillierter weißer Topf mit warmer Milch auf dem Herd, weil die seinem angegriffenen Magen gut tat."

„Apropos Milch, ich geh mich umziehen zum Melken", beschloss Martin. „Dafür bin ich schließlich heute hier."

„Danke, dass du das für mich machst", rief die hochschwangere junge Frau hinter ihm her. Dann fuhr sie fort: „Als unser Ältester vor drei Jahren geboren wurde, sagte Mama schon am nächsten Tag zu mir: ‚Um 18.00 Uhr muss gemolken werden. Vielleicht bist du bis dahin wieder auf den Beinen.' Trotz Schmerzen habe ich gemolken wie immer. Es war meine Aufgabe. Mama war für die Küche zuständig, ich für das Melken und andere Hausarbeiten."

Als Martin kurz ins Zimmer schaute und sich mit den Worten „Bin im Stall" abmeldete, bemerkte Gabi lachend: „So müssten dich deine Kunden in der Bank mal sehen!"

„Sag nichts gegen meine tolle Filzmütze. Was im Dienst die Krawatte ist, ist hier die Mütze. Sie gehörte zu dem Nötigsten, das wir nach der Flucht in Uelzen im Lager bekommen haben. Die ist Kult."

„Um deine Schwangerschaften und die Geburten wurde bisher nicht viel Aufhebens gemacht", setzte Gabi das Gespräch fort.

„Mama stand auf dem Standpunkt, dass mein Zustand keine Krankheit ist. Die Arbeit auf dem Hof blieb schließlich die gleiche und musste erledigt werden. Wenn ich das von zu Hause nicht kennen würde...." Bei diesen Worten richtete sich Marion auf, zog die Stirn kraus, biss sich auf die Lippen und tastete vorsichtig ihren Bauch ab.

„Geht es los?", fragte Gabi erschrocken. „Soll ich die Hebamme rufen? Oder willst du nicht doch ins Krankenhaus fahren? Das wäre bestimmt besser, falls es Komplikationen gibt."

„Nein, nein, es geht schon wieder", behauptete Marion. „Hier kann Peter bei der Geburt dabei sein. Es ist besser, wenn ich zu Hause bin – auch wegen Kai und Sascha. Als die beiden geboren wurden, wohnten wir ja noch in dem alten Haus ohne Badezimmer und mit Plumpsklo im Stall. Mama hatte mir im Küchenschrank ein Fach frei gemacht für die Windeln. Zum Wickeln habe ich eine blaue Plastikmatte auf den Küchentisch gelegt. Eine andere Möglichkeit gab es nicht. Kai ist Ende April geboren. Da war dann bald Sommer, aber bei Sascha war es Oktober. Saschas Wiege stand in der Küche, denn das war der einzige Raum, der immer beheizt wurde."

Marion erhob sich und ging hin und her.

Sie erklärte: „Ich muss mich bewegen. An dem Tag, als Kai geboren wurde, kam Martin gerade nach Hause wie heute. Mama sagte: 'Wir sollten den Stall noch weißen.' Also weißten wir gemeinsam den Stall, Martin auf der Leiter, ich unten. Die Bewegung half. Die Wehen setzten ein. Da gab mir Mama den Rat: 'Wasch dir wenigstens noch die Füße.' Also, man war ja nicht wirklich schmutzig. Aber so war das eben. Sie machten in der Stube Feuer und bereiteten für mich das blaue Klappcordsofa vor. Man sagte der Hebamme Bescheid, und die ließ damals für die letzte halbe Stunde den Arzt holen."

„Du machst immer was Mama sagt? Weiß Mama, was sie an dir hat?"

Marion antwortete nicht direkt. Sie schien zu überlegen.

Dann erzählte sie weiter: „Einmal, als ich mit Kai im sechsten

Monat war, wollte ich etwas aus der Stube holen. Da lag dort auf der blauen Couch ein fremder Mann. Ich war zu Tode erschrocken und habe so aufgeschrien, dass Mama aus der Küche kam. Mama erkannte in dem Fremden einen Mann aus dem Nachbarort. Da hättest du sie mal sehen sollen. Mit den Worten: ‚Raus hier, schlaf deinen Rausch woanders aus!' beförderte sie den Trunkenbold energisch nach draußen. Es war so schrecklich, dieser Betrunkene auf der Couch, auf der unser Kind geboren werden sollte! Da nahm Mama mich in den Arm."

In dem Augenblick hörte man fröhliche Kinderstimmen aus der Küche. Sekunden später kam Kai ins Esszimmer gestürzt, gefolgt von seiner Oma und seinem Vater, der Sascha auf dem Arm hatte.

„Ich bin Tecker fahr'n", verkündete Kai stolz. Alle bewunderten ihn gebührend.

„Hmhmhm, Sascha, du riechst, als müssten wir Tante Gabi mal den neuen Wickeltisch zeigen", stellte Peter schnuppernd fest und wollte gerade mit seinem Jüngsten den Raum verlassen, da stöhnte Marion mit schmerzverzerrtem Gesicht auf und flüsterte: „Ich glaube, es geht los."

Gabi schnappte sich Sascha, um ihn mit einer neuen Windel zu versorgen, Peter griff zum Telefon, um die Hebamme anzurufen. Anne ging in die Küche, stellte Stippgrütze auf den Herd und deckte den Abendbrottisch. Die Anspannung war greifbar. Kurz darauf schlug die alte Wanduhr siebenmal. Ihr Mann, die Söhne und ihr Bruder betraten die Küche, denn Anne legte Wert auf Pünktlichkeit.

„Hallo, Dompteuse", begrüßte Hermann seine Schwiegertochter Gabi herzlich. Dabei meinte er die schwierige Aufgabe einer Lehrerin, Schulkinder zu bändigen.

„Wenn das so weitergeht, dann kannst du bald hier im Haus eine eigene Schulklasse unterrichten", bemerkte Onkel Konrad mit gewohnt bissigem Unterton.

Nach dem Abendessen kam die Hebamme und nahm Marion sofort mit nach oben in das Elternschlafzimmer. Peter brachte die Kinder ins Bett. Martin griff zur Tageszeitung.

Man schrieb den 20. März 1970. Martin las vor: „'Willy, Willy!' So begrüßten gestern Tausende begeisterter DDR-Bürger lautstark den Kanzler der Bundesrepublik Deutschland in der thüringischen Bezirksstadt Erfurt. Willy Brandt war zu Gesprächen mit dem DDR-Ministerpräsidenten Willi Stoph angereist."

Gabi unterbrach ihn: „Ich kann mich gar nicht auf die politischen Nachrichten konzentrieren."

Hermann rauchte seine Zigarre draußen vor der Tür. Das tat er, seit er wusste, dass Annes Lunge nicht mehr gesund war.

Da zog Anne Briefpapier und einen Füllfederhalter aus einer Schublade, um einen Brief an Gerhard und Birgit nach Mecklenburg zu schreiben.

Sie begann in ihrer druckreifen Schrift:

Liebe Birgit, lieber Gerhard,

bei Marion haben die Wehen eingesetzt. Die Hebamme ist da. Ich kann jetzt nichts mehr tun. Wenn ein Kind geboren wird, erinnere ich mich immer daran, wie es war, als Ihr auf die Welt gekommen seid. Ihr habt jetzt selbst vier Kinder. Ich möchte Euch alle so gerne noch einmal sehen, aber der Arzt hat gesagt, die Reise wäre zu anstrengend für mich. Mir bleibt nur, auf das Wunder zu hoffen, dass Ihr doch noch eine Besuchsgenehmigung bekommt, jetzt, wo unser Bundeskanzler mit Eurem Ministerpräsidenten Gespräche führt. Ich bin froh, dass Birgit und Du eine Familie gegründet habt und miteinander glücklich seid.

Es ist mir auch eine Beruhigung, dass Martin sich mit Gabi so gut versteht und nicht alleine ist, wenn ich einmal nicht mehr da bin.

Ich muss jetzt oft husten, und der Arzt kommt regelmäßig zu mir. Es ist gut, dass wir im neuen Haus sind. Wenn der Doktor kommt, liege ich nun in einem hellen großen Schlafzimmer. Neun Jahre hat es seit unserer Flucht gedauert, bis wir ein neues Haus bauen konnten. Aber jetzt ist es doch noch rechtzeitig fertig geworden.

Wir haben Parkettfußboden im Wohnzimmer und ein Badezimmer mit dunkel-
roten Fliesen, einer Badewanne und zwei(!) Waschbecken, eine Extra-Dusche
für die Männer, wenn sie aus dem Stall kommen, und eine Toilette für Gäste!
Unsere Küche ist ganz modern mit einer gemütlichen Essecke. Trotzdem haben
wir noch ein Esszimmer, und die Kinder haben ein eigenes Kinderzimmer!

In dem Moment kam Peter in die Küche. Anne sah in fragend an.

„Es ist anders als bei den ersten beiden", flüsterte Peter und goss sich ein Glas Wasser ein.

Plötzlich begann Anne zu husten. Der Hustenanfall wollte nicht aufhören.

Hermann, der das Husten gehört hatte, entschied: „Der Doktor muss sofort kommen, nicht erst, wenn die Hebamme ihn für Marion braucht." Anne nickte zustimmend. Das war ungewöhnlich. Im allgemeinen zögerte Anne den Arztbesuch immer so lange wie möglich hinaus.

Nach dem Anruf hörte Annes Hustenanfall auf. Fünfzehn Minuten später war der Doktor da.

Kurz bevor er zur Tür hereintrat, hörte man von oben den hilfe-suchenden Ruf der Hebamme: „Ruft den Doktor an. Schnell!"

„Gehen Sie gleich hoch zu Marion! Die braucht Sie mehr als ich."
Anne unterstrich ihre Worte mit einer deutlichen Geste. Der Arzt eilte die Treppe hinauf. In der Küche war es still. Es war, als hielten Anne, Hermann, Gabi und Martin den Atem an.

Ein Schrei hallte durch den Hausflur. Es war Marions Stimme. Die Ruhe danach schien alle zu verschlingen.

Da hörte man ein anderes Schreien, leiser, aber immer deutlicher – das Baby!

Endlose Minuten später kam Peter in die Küche. Er verkündete stolz: „Es ist wieder ein Junge. Er ist fast zehn Pfund schwer und lag quer. Gut, dass der Arzt früher gekommen ist. Alleine hätte die

Hebamme das nicht geschafft. Marion war sehr tapfer. Ihr könnt jetzt zu ihr und zu unserem kleinen Alexander."

Alle gingen nach oben ins Schlafzimmer. Anne setzte sich zuerst zu Marion aufs Bett. Marion legte ihrer Schwiegermutter behutsam ihren Sohn in den Arm. Anne streichelte das Baby liebevoll und sagte leise: „Siehst du, nun war der Arzt rechtzeitig da, und du bist ein gesunder kleiner Kerl. So hat alles im Leben seinen Sinn, auch, wenn es manchmal schwer fällt, das zu akzeptieren. Es geht immer weiter. Deine Mutter ist eine mutige Frau, die genau hierher passt. So wie ich für meine Kinder da war, wird sie für dich da sein."

Dann ging Anne hinunter in die Küche und schrieb unter ihren Brief:

Es ist wieder ein Junge angekommen. Er ist fast zehn Pfund schwer. Er soll Alexander heißen. Es ist alles noch einmal gut gegangen.
In Liebe, Mama

Nur in Gedanken dabei

Martin und Gabi hatten Silvester 1969 im neuen Haus der Familie Brinkhoff Verlobung gefeiert. Es ging sehr fröhlich zu, so dass Gabi und Martin dieses Fest in guter Erinnerung behielten. Ernste Gespräche fielen nicht auf, doch es gab sie.

Gabis Mutter erzählte ihrer Tochter später: „Martin hat eine sehr liebe Mutter. Ich habe mich gut mit ihr unterhalten. Sie hat gesagt, dass sie sehr krank sei und sich freut, dieses Verlobungsfest noch mitzuerleben. Ich habe ihre Hand gedrückt und geantwortet, dass sie wundervolle Söhne habe und sehr tapfer sei. Ich hätte ihr so gern geholfen!"

Auch traurige Tage gehören zu den Erinnerungen, die man nicht vergisst. Ein halbes Jahr nach der Verlobung und drei Monate nach der Geburt von Alexander musste Anne Brinkhoff im Juli 1970 ihre Familie für immer verlassen. Hermann, Peter und Martin konnten bei ihr sein. Das war ein Trost bei all ihrem Schmerz.

Gerhard hatte keine Möglichkeit, Abschied zu nehmen. Das Telegramm an ihn wurde bewusst erst nach einer Woche, das heißt, nach der Beerdigung zugestellt. Die Reise in den Westen hat man auf diese Weise verhindert.

So grausam trennte das Regime und die von Menschen erbaute Mauer zwischen Ost- und Westdeutschland Familienangehörige, die zusammengehörten!

Tagesvisum nach Ostberlin

Gabi sah die Mauer zum ersten Mal, als sie mit Martin am Pfingstsamstag im Mai 1971 nach Berlin flog. Martin wollte endlich auch seinem ältesten Bruder und der Schwägerin seine Verlobte vorstellen. Martin und Gabi hatten sich mit Gerhard und Birgit für die beiden Pfingsttage in Ostberlin verabredet, wobei sie jeweils nur ein Tagesvisum bekommen konnten, also zum Übernachten nach Westberlin zurückkehren mussten.

Gabi blickte dem Unternehmen mit gemischten Gefühlen entgegen. Einerseits freute sie sich sehr, Martins großen Bruder und seine Schwägerin kennenzulernen, andererseits hatte sie Angst. Martin war DDR-Flüchtling und zwischenzeitlich zwei Jahre bei der Bundeswehr gewesen. Was wäre, wenn man ihn deswegen festnähme? Er war v o r dem Bau der Mauer geflüchtet. Nur deswegen konnte er überhaupt ein Tagesvisum beantragen.

Gabi und Martin hatten sich schon früh zur Grenzabfertigungsstelle am Bahnhof Friedrichstraße, auch „Tränenpalast" genannt, auf den Weg gemacht. Unheimlich viele Bundesbürger hatten offensichtlich die gleiche Idee. Man wartete. Es ging langsam voran. Wenn man sich umschaute, sah man immer irgendwo in die prüfenden Augen eines uniformierten Aufpassers. Es wurde nicht viel gesprochen. Die Atmosphäre hatte etwas Gespenstisches. Diese vielen Besucher der DDR waren Deutsche genau wie die auf der anderen Seite der Mauer. Es war so unbegreiflich. Auch die Uniformierten waren doch Deutsche!

Krampfhaft hielt Gabi ihren Ausweis in der Hand. Gedränge. Plötzlich waren zwischen ihr und ihrem Mann mehrere andere

Reisende. Gabi und Martin wurden unwillkürlich an verschiedene Schalter geschoben. „Wenn ich Martin jetzt aus den Augen verliere, wie finde ich ihn dann wieder in dieser Menschenmenge? Und was ist mit Gerhard und Birgit? Wie soll ich dann die beiden erkennen?", fragte sich Gabi. Martin und Gabi hielten Blickkontakt. Martin war zuerst am Kontrollposten. Er gab seinen Ausweis ab. Es schien Gabi eine Ewigkeit, bis er ihn zusammen mit dem gewünschten Tagesvisum wiederbekam.

Dann kam Gabi an die Reihe. Die Beamtin hinter dem Schalter starrte Gabi an, als ähnelte Gabis Ausweisfoto nicht ihrem wirklichen Aussehen. Doch dann bekam auch sie das ersehnte Dokument.

Nach fast drei Stunden waren Martin und Gabi endlich zusammen in Ostberlin. Martin ließ seine Blicke über die dort Wartenden gleiten. Es dauerte kaum zwei Minuten, da sah er seinen Bruder heftig winkend. Während Gerhard und Martin einander herzlich begrüßten, umarmten sich Gabi und Birgit, als würden sie sich schon lange kennen.

Da entdeckte Martin Christiane, die älteste Tochter seines Bruders. Schüchtern stand sie neben ihren Eltern, ein Bilderbuchmädchen mit langen blonden Zöpfen und blauen Augen. Sie hatte die Reise nach Berlin zu ihrem neunten Geburtstag geschenkt bekommen.

„Sie ist so stolz, dass sie mitfahren durfte", sagte Birgit.

„Wir freuen uns sehr, dass du mitgekommen bist", versicherten Martin und Gabi wie aus einem Munde.

Und Gabi fügte hinzu: „Seit wann seid Ihr denn hier?"

„Seit zwei Stunden!", antwortete Christiane, und es war zu merken, dass dies eine lange Wartezeit für sie war, während Gerhard fast gleichzeitig erläuterte: „Seit gestern Abend. Wir wohnen bei Birgits Cousine. Wir sollen gleich kommen, wenn ihr da seid."

„Und wenn ihr morgen wiederkommt, gehen wir in den Zoo", rief Christiane aus.

„Das ist eine prima Idee", versicherte Martin. Und das war es auch, denn so hatte der zweite Tag etwas von einem ganz normalen Familienausflug.

Es waren zwei glückliche Tage. Um so schwerer fiel allen der Abschied am Abend des Pfingstmontags!

Hochzeit in Lübbecke

Fünf Monate später, im Oktober 1971, heirateten Martin und Gabi in Lübbecke. Es war ein kalter, aber sonniger Herbsttag. Gabi trug ein langes weißes Kleid mit zartrosa Ranken, das Martin zum Entsetzen von Tante Isolde nicht nur schon gesehen, sondern sogar mit ausgesucht hatte.

Nach der Trauung überraschte Gabis Schulklasse das Brautpaar mit zwei unter der Leitung des Musiklehrers eigens für die Hochzeit einstudierten Liedern. Die Neffen Kai und Sascha in roten Hosenanzügen und weißem Pullover und eine kleine Nachbarstochter im roten Kleid streuten begeistert und gewissenhaft Blumen.

Anschließend fuhr die Hochzeitsgesellschaft in einem Autokonvoi durch den rotgold leuchtenden Herbstwald zum Haus Sonnenblick. Es war eine ausgelassene Feier mit Hochzeitsmenü, Musik und Tanz. Es wurden Reden gehalten, das Brautpaar in Gedichten auf den Arm genommen, gesungen und gelacht.

Hermann Brinkhoff sprach in seiner Rede aus, was niemand vergessen konnte, nämlich wie sehr sich alle gefreut hätten, wenn Anne sowie Gerhard und Birgit mit Familie hätten mitfeiern können. Sie fehlten. In dem Augenblick war es so still, dass man eine Stecknadel hätte fallen hören können.

An diesem unvergesslichen Tag war aus „Martin sin Luit" „Brinkhoffs Gabi" geworden.

*   *   *

Die weiteren Geschichten erzähle ich deshalb nicht mehr als Chronistin, sondern aus meiner Perspektive als Gabi Brinkhoff.

Guter Hoffnung

Anfang 1973 waren Marion und ich „Guter Hoffnung", wie man es damals nannte. Marion half mir bei den vorbereitenden Einkäufen, denn sie erwartete im Sommer bereits ihr fünftes Kind.

Als ich im dritten Monat schwanger war, verordnete mir der Arzt nach einem Autounfall absolute Bettruhe, weil die Gefahr vorzeitiger Wehen bestand. Er drohte: „Wenn Sie niemanden zu Hause haben, der Sie betreut, muss ich Sie ins Krankenhaus einweisen." Ich rief meine Mutter in Bonn an. Wenige Stunden später stand sie vor der Tür, ihr Köfferchen in der Hand und erklärte: „Entschuldige meine Frisur. Ich hatte keine Zeit mehr, die Haare zu richten, sonst hätte ich den nächsten Zug nicht gekriegt."

Nach einer Woche war die Gefahr gebannt, und die weitere Schwangerschaft verlief problemlos. Am 14. April war es so weit. Samstag früh. Die Wehen hatten eingesetzt. Martin rief vereinbarungsgemäß meinen Frauenarzt an. Der reagierte mit leichter Ironie: „Ich wusste es. An meinem freien Wochenende! Na, dann fahren Sie mal ins Krankenhaus. Ich komme." Unser Kind sollte wegen einer Steißlage per Kaiserschnitt geholt werden, eigentlich erst drei Tage später. Die Operation verlief planmäßig. Marko war das schönste Baby der Welt, wir die glücklichsten Eltern und Mutti und Vati die stolzesten Großeltern!

Mein bisheriges berufliches Leben war Lernen, Lehren und, Schreibtischarbeit. Meine Hobbys wie Schwimmen oder Tennis spielen richteten sich nach dem, was in meinem jeweiligen Wohnort gerade üblich war. Von Haushaltsführung und Kochen hatte ich wenig Ahnung. Das änderte sich schlagartig. Von nun an kam Marko an erster Stelle, und ich war hauptberuflich Mutter, Hausfrau und Gastgeberin.

Frankfurter Kranz

Im Juni 1973 planten wir Markos Taufe. Übernachtungsgäste, Mittagessen im Lokal, Kaffeetrinken zu Hause.

„Ich wünsche mir einen Frankfurter Kranz. Das ist mein Lieblingskuchen", schlug Martin vor.

„Frankfurter Kranz. Hmhmhm. Ja. Gute Idee", stimmte ich zu und bemühte mich dabei um einen forschen Ton in meiner Stimme. Unauffällig holte ich das Dr. Oetker-Backbuch „Backen macht Freude", das mir meine Mutter zur Hochzeit geschenkt hatte, und schlug den Frankfurter Kranz auf. Ein ganzseitiges Bild sah sehr verlockend aus. Das unter „Gebäck in Formen" einsortierte Rezept nahm ebenfalls fast eine komplette Seite ein – klein gedruckt!

Meine Mutter hatte mir immer gesagt: „Das Kochen lernst du noch, wenn du verheiratet bist. Lern jetzt erst einmal für die Schule." Hatte ich wirklich mal Kaffeegäste zum Sonntag, belegte ich einen gekauften Tortenboden mit Obst – Tortenguss drüber und fertig. Und jetzt sollte es ein Frankfurter Kranz sein! Den musste ich wenigstens einmal üben, bevor ich ihn für die Taufgesellschaft backen wollte. Also luden wir Marion und Peter mit ihren vier Kindern zum nächsten Sonntagsnachmittagkaffee ein.

Als erstes besorgte ich mir eine Kranzbackform und einen Pinsel zum Einfetten sowie alle erforderlichen Zutaten. Einen elektrischen Quirl besaß ich schon seit der Verlobung.

„Für den Teig das Fett schaumig rühren." So begann das Rezept. Zum Glück hatte ich mich bei dem Teig nicht für Butter, sondern für Margarine entschieden. Die machte beim Rühren relativ schnell den Eindruck, „schaumig" zu sein. Ich fügte die übrigen Zutaten genau nach Rezept hinzu, und siehe da, es entstand ein wunderbarer goldgelber Teig. Sorgfältig füllte ich ihn in eine mit dem neuen Pinsel eingefettete Kranzform. Mein nagelneuer Herd war vorgeheizt und roch seltsam neu. Hoffentlich schadete dieser Geruch dem Kuchen nicht! 45 Minuten Backzeit. Das war eine lange spannende Dreiviertelstunde. So langsam setzte sich ein warmer süßer Duft in der Küche durch. Es roch nach Kindheit. Dann klingelte der Kurzzeitwecker. Ich prüfte mit einem Zahnstocher meinen Kuchen und kam mir dabei sehr professionell vor.

Was soll ich sagen: Der Kuchen, die Buttercreme, der Krokant aus Butter, Zucker und Mandeln, alles gelang auf Anhieb. Es entstand ein wahres Kunstwerk – dachte ich.

Unsere Gäste trafen ein. Sicherheitshalber hatte ich noch einen Tortenboden mit Erdbeeren belegt.

Kuchen und Torte erfreuten sich großer Beliebtheit, bis mein Mann plötzlich sagte: „Der Frankfurter Kranz schmeckt gut, aber irgendwie anders als bei Mama." Und das hieß offensichtlich: Nicht so gut wie bei Mama.

Martin nahm ein zweites Stück, ließ es sich auf der Zunge zergehen und fragte: „Ist es vielleicht der Krokant?"

Marion nahm auch ein weiteres Stück und erkannte richtig: „Du hast Mandeln genommen."

Ich nickte und verteidigte mich: „So stand es im Rezept von Dr. Oetker."

„Mama nahm Haferflocken", erklärte Marion, „50 Gramm Butter, 4 Esslöffel Zucker und 6 Esslöffel Haferflocken."

Zwei Wochen später, am Tag vor der Taufe, nahm ich den Frankfurter Kranz erneut in Angriff. Kuchen und Buttercreme gelangen wieder bestens. Dann der Krokant aus Haferflocken. Er wurde schwarz, angebrannt! Neuer Versuch: Er verklebte. Ich fluchte – wenig damenhaft.

Martin, von meiner ungewohnt drastischen Ausdrucksweise angelockt, kam und überlegte laut: „Das muss doch möglich sein. Lass mich mal. Butter, Zucker, Haferflocken – bei mittlerer Hitze unter ständigem Rühren goldbraun werden lassen."

Martins Krokant war ein Gedicht. Liebevoll bewarf mein Göttergatte die Buttercremetorte mit dem knusprigen Krokant.

Als unsere Taufgäste am nächsten Tag an unserer Kaffeetafel Platz nahmen, staunte meine Mutter:

„Kind, deine Buttercremetorte sieht ja aus wie gemalt." Das war höchstes Lob! Sie nahm ein Stück, probierte und stellte fest: „Er schmeckt köstlich – dein Frankfurter Kranz."

„U n s e r Frankfurter Kranz", riefen Martin und ich wie aus einem Munde, und Martin fügte strahlend hinzu: „Er schmeckt wie bei Mama."

Meine Schwester Ulrike, Patentante von Marco, kommentierte: „Ich komme ja aus Frankfurt, aber den leckersten Frankfurter Kranz habe ich heute hier bei Euch in Lübbecke gegessen." Sprach's und nahm sich entgegen ihren Gewohnheiten noch ein drittes Stück. Ein besseres Kompliment gab es nicht!

Klassentreffen

Wir waren auf dem Weg zu Martins Klassentreffen – zehn Jahre nach seinem Abitur. Martin freute sich schon sehr, seine Klassenkameraden wiederzusehen. Ich war einerseits gespannt auf seine Schulfreunde und besonders auf die Schulfreundinnen, andererseits fragte ich mich, ob ich mir zwischen all den mir fremden Klassenkameraden nicht verloren vorkommen würde, wenn sie ihre Weißt-du-noch-Geschichten erzählten?

„Sieh mal, das Ortseingangsschild von Hilchenbach", unterbrach Martin meine Gedanken. „Dort hinten ging's ab zu unserem Internat. Das Café da drüben hieß früher „Süßer Konrad", da habe ich mit Eddi manchmal gekellnert."

„Wer ist Eddi?", fragte ich.

Martin erklärte: „Eddi heißt eigentlich Kurt-Eberhard. Er hatte es schwer, weil er in Westdeutschland keine Verwandten hatte. Das war besonders hart. Wir waren ja alle aus der DDR geflohen. Jeder hatte seine persönliche Fluchtgeschichte. Aber die von Eddi war die spektakulärste."

„Wieso, wie ist er denn geflohen?", wollte ich wissen.

Martin begann zu erzählen: „Das war schon nach dem Bau der Mauer. Eddi hat sich in Wismar im Flutraum eines ausländischen Frachters versteckt. Aber der konnte wegen eines Unwetters mit heftigem Sturm erst Stunden später auslaufen. Eddi hatte große Angst und fror wegen der unerwartet niedrigen Temperaturen entsetzlich; außerdem wurde sein Proviant knapp. Notgedrungen ist er nach dem Auslaufen nach oben geklettert und den Matrosen direkt in die Arme gelaufen."

„Oh Gott, was haben die mit ihm gemacht?", fragte ich entsetzt.

„Die haben ihn nicht ausgeliefert, sondern in Kiel von Bord gehen lassen. Stell dir vor, Eddi war erst siebzehn Jahre alt, als er kurz danach in unser Internat kam."

Nachdenklich fuhr er fort: „Ein Jahr vor dem Abitur passierte dann das mit London."

„Was passierte...?" Ich kam nicht mehr dazu, meine Frage zu stellen, denn wir waren vor dem Hotel „Sonnenhang" angekommen.

„Da sind ja schon Helga und Bernd", rief Martin begeistert aus. „Die waren beide in meiner Klasse und schon damals befreundet. Die sind nett. Helga war unsere Klassensprecherin."

Eine schlanke schwarz gelockte junge Frau sprang auf uns zu und umarmte uns. Ich mochte sie sofort. Dann kam uns ihr Mann in etwas gemessenerem Schritt entgegen und begrüßte uns beide nicht minder herzlich.

„Die ersten sind schon da", verkündete Helga mit berechtigtem Stolz, denn sie hatte das Klassentreffen organisiert. „Dann lasst uns reingehen."

Im Foyer des Hotels begrüßte Martin seine Klassenkameraden und Klassenkameradinnen mit großem Hallo. Viele kamen mit Partner. Ich bemühte mich, die Namen und die dazugehörigen Geschichten nicht durcheinander zu bringen, denn nach zehn Jahren hatten alle viel zu berichten.

Ein Mann im schicken Trachtenjanker stellte sich vor: „Ich bin der Viehdoktor."

„Große Tiere oder Kleinvieh?", fragte ein Klassenkamerad.

„Ich bin Kuharsch-Astronom". Die Antwort trug zu der immer lockerer werdenden Stimmung bei.

Plötzlich hörte ich die Frage: „Weiß eigentlich jemand etwas von Eddi?" Schlagartig war Ruhe.

„Ich habe Eddi an seine alte Adresse eine Einladung geschickt", antwortete Helga. „Er muss sie erhalten haben, obwohl er längst nicht mehr dort wohnt, denn ich habe von ihm eine Karte aus Thailand bekommen. Darauf bedankt er sich für die Einladung, schreibt aber nicht, ob wir mit ihm rechnen können, oder was er in Thailand macht."

„Ich würde mich freuen, wenn er auf einmal zur Tür hereinkäme", sagte Martin. In den Augen oder durch leichtes Kopfnicken der Anwesenden nahm ich eine allgemeine Zustimmung wahr. Doch niemand kommentierte den Satz. Dieser Eddi begann mich zu interessieren.

Leise fragte ich Martin: „Was passierte mit Eddi ein Jahr vor dem Abitur?"

Martin zögerte einen Augenblick, ehe er antwortete: „Na ja, Eddi machte, was er wollte, schwänzte auch mal den Unterricht, aber es war letztlich immer noch im Rahmen dessen, was man eben so anstellt, bis er eines Tages ganz verschwunden war. Niemand wusste, wo er war. Da Eddi im Westen keine Familienangehörigen hatte, fühlte sich die Schule für ihn verantwortlich. Die Aufregung unter den Lehrern war groß. Besonders unsere strenge Deutschlehrerin, Frau Feldmann, war ..."

Unser Gespräch wurde durch Neuankömmlinge unterbrochen.

Martin stellte sie mir vor: „Das ist unsere zweite Schülerehe. Siegfried Hahn ist praktischer Arzt, und das ist Rosel. Rosel, bist du auch im medizinischen Bereich tätig?"

„Nein. Ich bin Lehrerin, und was macht ihr?"

„Ich bin Diplom-Kaufmann und arbeite bei der Bank", erklärte Martin. Und fügte, indem er auf mich zeigte, hinzu: „Das ist meine Frau. Gabi hat den gleichen Beruf wie du."

„Apropos Lehrerin. Sind eigentlich auch unsere Pauker eingeladen?", wollte der Arzt wissen.

„Die Feldmann und Vogelsberger haben zu achtzehn Uhr zugesagt. Wenn sie immer noch so viel Wert auf Pünktlichkeit legen wie damals, müssten sie jeden Moment hier sein", vermutete Helga. Die alte Standuhr im Foyer schlug sechsmal. Die Eingangstür wurde geöffnet. Eine rüstige Dame und ein Herr, der kaum älter zu sein schien als die Klassenkameraden, betraten den Raum.

„Das sind Frau Dr. Feldmann und unser Klassenlehrer Antonius

Vogelsberger. Wir waren damals seine erste Klasse", flüsterte Martin mir zu.

Nach der Wiedererkennungs- und Begrüßungsrunde fragte der Klassenlehrer: „Ich vermisse Kurt-Eberhard, kommt er auch?"

„Vielleicht später", sagte Helga, stand auf und schlug vor: „Wir sollten drüben schon mal Platz nehmen. Das Essen ist für achtzehn Uhr dreißig bestellt. Für Eddi lassen wir sicherheitshalber einen Stuhl frei."

Uns gegenüber nahm der Tierarzt Platz. Zwischen ihm und Martin gab es ganz besonders viele Weißt-du-noch-Geschichten, weil sie Zimmer außerhalb des Internats bewohnten und es ein Mädchen-internat im Nachbarort gab... Die beiden Männer warfen sich Stichworte zu, die nur sie beide verstanden und amüsierten sich königlich. Ich war natürlich überhaupt nicht eifersüchtig. Das alles war schließlich schon ganz lange her – sagte ich mir.

Eine Kellnerin servierte die Suppe. Die allgemeine Unterhaltung stoppte kurz.

Da stellte die Deutschlehrerin die Frage, die noch unbeantwortet im Raume schwebte: „Sie sagten, Kurt-Eberhard hat einen weiten Weg. Wo wohnt er denn jetzt?"

„Er schrieb zuletzt aus Thailand. Ob er dort wohnt, wissen wir nicht", erklärte Helga.

„Das ist ja fast wie damals, als er abgehauen war und keiner wusste wohin. Mensch, war ich damals wütend auf ihn!"

„Aber dann war er doch wieder da, heil und unversehrt", die Stimme des Klassenlehrers klang, als wollte er seine Kollegin beruhigen.

„Nach einer Woche Ungewissheit! Das war lang, und das alles, weil er sich verliebt hatte und seine neue Liebe unbedingt sofort besuchen musste!" Die Deutschlehrerin schien ihm das heute noch übel zu nehmen.

Mit leichtem Schmunzeln sagte Antonius Vogelsberger: „Kurt-

Eberhard hatte eben einen weiten Weg, um sich mit seiner Freundin zu treffen. Sein Pech war, dass sie als Au-pair-Mädchen nach London gegangen war."

Die Feldmann konterte: „Na, so viel Verständnis wie Sie, Herr Kollege, hatte unser Direktor damals nicht. Der berief sofort eine Gesamtkonferenz ein mit dem Ziel, den ‚untragbaren' jungen Mann von der Schule zu verweisen. Ich glaube, ich habe keine Konferenz erlebt, bei der lebhafter diskutiert wurde."

„Ohhh ja", stimmte ihr der Klassenlehrer zu. Dabei sah er seine ehemalige Kollegin bedeutungsvoll an. „Es gab einige Lehrkräfte, die ein Exempel statuieren wollten."

Die Feldmann verteidigte ihren damaligen Standpunkt: „Unsere Schule hatte einen Ruf zu verlieren. Man konnte sich nicht alles gefallen lassen. S i e haben ja von Anfang an für den Verbleib ihres Schülers gekämpft."

Bei diesem Dialog der ehemaligen Lehrkräfte schienen alle Klassenkameraden den Atem anzuhalten, als warteten sie gespannt darauf, zu erfahren, wer damals für das Ergebnis der Konferenz verantwortlich war.

Vogelsberger erklärte: „Die Abstimmung ergab 20 zu 20. Damit war klar, dass Kurt-Eberhard den Schulverweis bekommen würde, weil die Stimme des Direktors im Zweifelsfall den Ausschlag gibt." Dieser Satz des ehemaligen Klassenlehrers war eindeutig eine Information für die Anwesenden. Trotzdem schauten alle irgendwie erstaunt, gerade so, als verstünden sie nicht.

„Aber Eddi konnte doch bei uns Abitur machen. Hat denn der Direx doch noch für den Verbleib gestimmt?", fragte Martin erstaunt.

„Nein", der Klassenlehrer schüttelte den Kopf. „Fragt Frau Dr. Feldmann, wie's gelaufen ist."

Die Angesprochene erklärte: „Ich hatte solche Wut auf Kurt-Eberhard, weil er mir eine ganze Woche schlaflose Nächte bereitet hatte. Aber wirklich von der Schule schicken wollte ich ihn dann doch nicht. Wo hätte der Junge denn hingehen sollen? Also habe ich um eine erneute Abstimmung gebeten, weil ich meine Meinung geändert hatte."

Antonius Vogelsberger nickte zustimmend und ergänzte: „Unser Chef wollte natürlich keine zweite Abstimmung. Das war gegen die Regeln. Aber da hätten Sie das Plädoyer von Ihrer Deutschlehrerin mal hören sollen. Der Direktor hatte gar keine Chance. Er musste nachgeben, und siehe da, bei der zweiten Abstimmung waren noch mehr Kollegen umgefallen. Kurt-Eberhard konnte bleiben, wie Sie wissen, und ein Jahr später ein ordentliches Abitur ablegen."

„Und jetzt hätte ich gern gewusst, wo der Lausejunge heute steckt, wie es ihm geht und was er beruflich macht", rief Frau Dr. Feldmann in der ihr eigenen Bestimmtheit aus.

„Das sind drei Fragen auf einmal, Frau Dr. Feldmann", sagte eine tiefe männliche Stimme. Sie gehörte zu einem stattlichen Mann, der lässig im Türrahmen lehnte. Ich wusste sofort, das musste Eddi sein.

Der Mann nahm sichtbar bewusst Haltung an und fuhr fort: „Im Gegensatz zu früher kann ich alle drei Fragen beantworten:

Ich bin schon seit einigen Minuten hier.

Es geht mir außerordentlich gut.

Und was meinen Beruf anbetrifft, so habe ich mich vom blinden Passagier im Flutraum eines Frachters bis hinauf auf die Brücke des Schiffes emporgearbeitet. Ich bin nautischer Offizier, das heißt im Volksmund ‚Kapitän auf großer Fahrt'."

Das war also der geheimnisvolle Eddi!

Plötzlich merkte ich, wie Martin mich aus den Augenwinkeln beobachtete.

„Dieser abenteuerlustige Kapitän scheint dich ja sehr zu beeindrucken", sagte mein Mann und fügte hinzu: „Daneben verblasse ich als solider Banker wohl?"

Ein bisschen fühlte ich mich ertappt, aber dann sagte ich: „Dieser interessante Seemann hat bestimmt in jedem Hafen eine Braut und sehnt sich in Wirklichkeit nach einem Heimathafen und einem Menschen, zu dem er gehört. Und außerdem, was dich anbetrifft, du warst ja wohl noch nie ein Langweiler, wie ich euren Geschichten heute unschwer entnehmen konnte."

„Hättest du lieber einen Langweiler geheiratet?" fragte Martin scheinbar ernst. Sein schalkhafter Blick verriet ihn jedoch.

„Nein, natürlich nicht, du bist doch genau mein Typ", antwortete ich lachend.

In dem Moment brachte die Serviererin den Hauptgang.

Eddi sah das unberührte Gedeck, rückte sich den Stuhl zurecht und setzte sich mit den Worten: „Lasst uns erst essen. Ich habe einen Mordshunger. Nach dem Dessert drücke ich euch alle, jeden einzelnen und vor allen Dingen die Damen, damit sich mein weiter Weg auch wirklich gelohnt hat!"

Babysitter

Am 24. Juni 1975 wurde unser zweiter Sohn geboren. Kommentar meines Vaters, der kurz vor Weihnachten Geburtstag hatte: „Ein idealer Termin, der Junge bekommt genau jedes halbe Jahr Geschenke."

Wegen einer Steißlage musste auch dieses Mal unser Kind per Kaiserschnitt geholt werden. Als ich allmählich aus der Narkose erwachte, hörte ich, wie der Arzt sagte: „Herzlichen Glückwunsch. Sie haben einen Jungen, einen wahren Prachtkerl." Der Doktor hatte recht. Unser Daniel wog 4110 Gramm und war 53 Zentimeter groß. Sein nicht zu überhörendes Stimmchen war Musik in unseren Ohren und unmissverständliches Zeichen für einen gesegneten Appetit.

Am Tag nach der Geburt kamen meine Eltern nach Bielefeld und bewunderten den neuen Enkelsohn. Da ich wegen des Kaiserschnitts und einer Entzündung drei Wochen Krankenhausaufenthalt verordnet bekam, blieb meine Mutter die ganze Zeit und besuchte mich täglich mit Marko in der Klinik.

Auch Jahre später, als ich wieder im Schuldienst war, versorgte sie unsere Kinder, wenn ich mit meinen Schülern auf Klassenfahrt ging. Bei der Hausaufgabenbetreuung war sie wohl strenger als ich. Unser siebenjähriger Marko meinte jedenfalls: „Es war toll, dass Oma da war, aber die Hausaufgaben kann ich das nächste Mal ganz alleine!" Dezente Nachforschungen meinerseits ergaben, dass meine Mutter den Tintenkiller noch nicht kannte und außerdem bei der Schönschrift wohl die Hausaufgaben kleiner Mädchen als Maßstab genommen hatte. So musste manches noch einmal geschrieben werden.

Ein anderes Mal, als ich an einem Kollegiumsausflug, der über zwei Tage ging, teilnahm, verlängerte meine Schwester einen Besuch bei uns, um unsere Kinder zu betreuen. Der fünfjährige Daniel konnte dabei nicht verstehen, warum Tante Ulrike auf der Couch im Wohnzimmer schlief, obwohl mein Bett im Schlafzimmer doch frei war.

Für Hermann Brinkhoff war unser Daniel das elfte Enkelkind. Alle liebten Brinkhoffs Opa. Wenn die fünf Kinder auf dem Hof von Marion und Peter abends ihrem Opa gute Nacht sagten, hatte er für jedes Kind Schokolade als Betthupferl bereit – einen Riegel pro Kind. Zufällig passte die Anzahl der vorhandenen Riegel immer mit der Kinderzahl überein. Auch schliefen sie gerne mal in Opas großem Bett. Schnarchen scheint Kinder überhaupt nicht zu stören.
Sogar nach Bielefeld, wo wir seit 1974 wohnten, kam der Opa aus Hüllhorst als Babysitter, wenn Not am Mann war. Die vier Mecklenburger Enkelkinder freuten sich ebenfalls, wenn ihr Opa aus dem fernen Westen zu Besuch kam.
Als Dirk, das jüngste Kind von Marion und Peter, zwölf Jahre alt war, ließ Opa Brinkhoff seinen Enkelsohn auch schon mal den großen Trecker steuern.
Marions Protest kommentierte er in seiner humorvollen Art: „Der Junge fährt besser als ich."
Heute ist es Dirk, der den Hof weiterführt. Wenn er einen riesigen Mähdrescher zentimetergenau rückwärts in der Scheune parkt, heißt es: „Das hat ihm sein Opa beigebracht."

Die Eichen von Ivenack

Oktober 1981. Wir fuhren durch den Herbstwald bei Stavenhagen in Mecklenburg. Unsere beiden Söhne und ich saßen in dem graublauen Trabbi meines Schwagers, während meine Schwägerin Birgit und ihre beiden Töchter Hanna und Martina in unserem Opel Rekord Platz genommen hatten. Schon das war für alle Kinder ein Erlebnis, für unsere im tuckernden Trabbi und für unsere Nichten in einem Westauto.

Unsere Fahrzeuge holperten auf einem fast nicht mehr erkennbaren Weg mit großen Schlaglöchern durch einen Wald mit riesigen Eichen. Zwischen den manchmal schon kahlen Ästen konnte man ein Stück des blauen Himmels sehen. Wir stiegen aus und stapften über einen dichten farbigen Teppich aus roten und goldenen Blättern.

„Wie weit ist es noch?", fragte unser Jüngster. Daniel war erst sechs Jahre alt. Dabei schob er seine kleinen blauen Stiefel durch das raschelnde Laub.

„Wir sind gleich da", versprach Tante Birgit.

Plötzlich standen wir vor den Ivenacker Eichen. Sie sind gewaltig und uralt. Und doch blühen sie in jedem Frühjahr, bekommen ein dichtes Blätterdach und werfen im Herbst die Blätter wieder ab. So ist das seit Jahrhunderten, denn sie sind etwa 1200 Jahre alt. Ihnen ist es egal, ob sie slawische, preußische, deutsche, westdeutsche oder ostdeutsche Eichen sind.

Wir bildeten einen Kreis um die größte Eiche. Der Stamm war mit elf Metern Umfang so dick, dass wir gerade einmal herum passten, wenn wir uns mit ausgestreckten Armen an den Händen hielten.

„Habt Ihr in der BRD auch so große Eichen wie diese hier?", fragte Martina, die Jüngste von Birgit und Gerhard.

„Nein", antwortete ich und fügte hinzu: „Ihr habt hier die

größten Eichen von ganz Europa." Unsere Nichten waren stolz.

„Wir haben in Bielefeld den Teutoburger Wald und die Sparrenburg mit unterirdischen Gängen. Die sind richtig gruselig", meldete
sich unser Sohn Marko zu Wort.

„Und einem sooo hohen Turm." Daniel streckte seinen kleinen
Arm in die Höhe und ergänzte: „Da kann man über gaaanz
Bielefeld sehen."

„Eine soooo hohe Burg? Die würde ich auch gerne mal
besichtigen?", reagierte Martina zur Freude unserer Kinder.

Nachdenklich fügte sie hinzu: „Nur leider geht das nicht."

„Warum nicht?", fragte Marko.

„Wegen der Mauer", erklärten Hanna und Martina wie aus einem
Munde.

„Wer hat die Mauer gebaut?", fragte Daniel.

Die Mädchen wussten, welche Mauer gemeint war. Wir
Erwachsenen zögerten. Man hörte die Blätter knisternd von den
Bäumen fallen. Was sollten wir antworten? Die Kinder waren still,
als spürten sie, dass sie nicht weiterfragen durften.

„Eines Tages werden wir alle zusammen vom Turm der Sparrenburg aus auf Bielefeld schauen", lenkte ich ab. Dabei dachte ich an
den breiten Streifen Acker ohne Bäume, ohne Sträucher, gerodet,
mit hohen Zäunen dazwischen, Wachttürmen und Männern mit
Gewehren.

„Opa wird sich freuen, wenn wir kommen", sagte Hanna, „nur
wann wird das sein?"

„Oma lebt nicht mehr", bedauerte sie. „Die können wir leider
nicht mehr besuchen." Hanna ist ihr von allen Kindern am
ähnlichsten.

Noch immer standen wir im Kreis um die Eiche herum und fassten
uns an den Händen, als wollten wir den Augenblick festhalten.

„Die Hoffnung dürfen wir niemals aufgeben", sagte Gerhard leise
aber bestimmt.

Der verschlüsselte Brief

Ein privater Brief sollte nur von demjenigen geöffnet und gelesen werden, an den er gerichtet ist. Das macht einen Brief zu etwas Besonderem. Doch manchmal reicht das Briefgeheimnis nicht aus, weil es nicht respektiert wird. Dann muss man Nachrichten, die nur der Empfänger verstehen soll, verschlüsseln, so wie Georg es damals gemacht hat in dem Brief, von dem ich erzählen will.

Georg war unser Freund. Martin war mit ihm in der DDR zusammen zur Schule gegangen. Mit Georg und seiner Frau hatten wir schon viele vergnügliche Stunden verbracht bis zu jenem Telefonanruf im Mai 1984. Katharina war am Apparat.

Sie sagte: „Ich muss unseren Besuch bei Euch absagen. Wir können nicht kommen. Georg ist verhaftet worden. Sie haben ihn dabehalten. Ich melde mich wieder.“

Aufgelegt. Ihre Stimme klang verändert, verzweifelt.

Georg und Martin galten als Republikflüchtlinge. Aber da sie schon vor dem Bau der Mauer geflohen waren, durften sie später in die DDR einreisen.

Wir hatten schon ein paar Mal Martins ältesten Bruder in Mecklenburg besucht. Es war immer eine große Freude für uns alle, besonders, weil umgekehrt von den Mecklenburgern nur mein Schwager alleine bei besonderen Anlässen seit einiger Zeit eine Besuchsgenehmigung für die Bundesrepublik bekam.

Auch Georg hatte noch Verwandte in der DDR und durfte einreisen.

Bei einem solchen Besuch mussten sie Georg verhaftet haben.

Tage später meldete sich Katharina und berichtete. Man hatte sie beide festgenommen und stundenlang getrennt verhört. Sie hatte zurück in den Westen fahren dürfen, Georg hatten sie inhaftiert. Katharina wusste nicht, was man ihm vorwarf, nur dass sie ihn zuerst

nach Berlin und dann nach Bautzen ins Gefängnis gebracht hatten –
wegen Spionage, hieß es.

Nach einem Vierteljahr durften wir ihm einmal im Monat schreiben.
Alle Briefe wurden kontrolliert. Wir erzählten Unverfängliches aus
unserer Familie und unserem Alltag. Georg ging darauf ein. Von sich
durfte er nur wenig berichten, vor allen Dingen nichts über die
Haftbedingungen. Seine Karten und Briefe waren alle mit einem
Stempel des Gefängnisses versehen, ein Zeichen dafür, dass sie
gelesen wurden und genehmigt werden mussten.
Eines Tages kam wieder Post von ihm.
   Nachdem Martin den Brief gelesen hatte, gab er ihn mir mit der
Frage: „Fällt dir ein Satz auf?"
   Ich las den Brief und sagte: „Ja. Er schreibt: *Schade, dass der Arzt
Tante Tutti das Reisen verboten hat, wo sie doch so gerne in den Urlaub gefahren
ist. Ich wünsche ihr gute Besserung'.*"
Das Besondere an dem Satz war, dass es keine Tante Tutti in unserer
Verwandtschaft gab, wohl aber einen gemeinsamen heißen Sommer-
abend, an dem wir unseren Durst mit Bowle gelöscht hatten. Wegen
der in hochprozentigem Alkohol eingelegten Früchte war unser
Getränk besonders lecker. Ich war an jenem Abend auf eine Art
lustig, die mir den Spitznamen *Tante Tutti* einbrachte. Ich hatte die
tutti frutti wohl etwas zu reichlich aus der Bowle gefischt.
Und jetzt sollte ich nicht mehr reisen dürfen! Das schrieb Georg aus
dem Zuchthaus in Bautzen. Es konnte nur bedeuten, dass er uns vor
weiteren DDR-Reisen warnen wollte. Warum nur war er dort
eingesperrt? Wir riefen Katharina an. Auch sie verstand diesen
seltsamen, verschlüsselten Satz als eindeutige Warnung.
   „Vielleicht", sagte sie, „hat euch ein gemeinsamer Bekannter, der
für die STASI arbeitet, angeschwärzt."
   „Wie meinst du das, angeschwärzt?"
   „Man könnte eine unachtsame Bemerkung von euch

ausschmücken, verdrehen und als Anstiftung zur Republikflucht werten."

Daraufhin gingen wir in Gedanken alle gemeinsamen Bekannten durch und die Gespräche, die wir mit ihnen geführt hatten. So sehr wir überlegten, wir fanden keine plausible Antwort auf unsere Frage.

Wir fuhren nicht mehr in die DDR, auch nicht, als Martins Bruder dort Silberhochzeit feierte, wozu alle Verwandten eingeladen waren. Es schmerzte sehr, nicht dabei sein zu können. Aber wir hatten Angst und nahmen Georgs Warnung ernst.

Georg war zu zehn Jahren Haft verurteilt worden. Nach vier Jahren wurde er mit anderen politischen Gefangenen von der Bundesrepublik freigekauft – schließlich brauchte die DDR Devisen.

Als Georg wiederkam, war er völlig verändert. Er hatte stark abgenommen. Rücken, Zähne, Augen, die Nieren und vor allen Dingen die Psyche bedurften ärztlicher Behandlung. Es dauerte lange, bis er – jedenfalls auf den ersten Blick – wieder der Alte war. Was man ihm vorgeworfen hatte, haben wir nie konkret erfahren. Angeblich soll Georg bei seinen Besuchen in der DDR Zeitungen und Stadtpläne für einen Freund mit in den Westen genommen haben. Dieser Freund soll die Unterlagen an den Bundesnachrichtendienst weitergeleitet haben.

Georgs Warnung hatten wir richtig verstanden, und Katharinas Verdacht, dass es einen falschen Freund gab, der Georg angezeigt hatte, traf auch zu.

Keine Reiseerlaubnis!

In der Küche im zehnten Stock eines Hochhauses in Ostberlin deckte Helma den Abendbrottisch. Da hörte sie die Wohnungstür ins Schloss fallen. Als Frank wenige Sekunden später in der Küche stand, sah sie ihm seine Enttäuschung sofort an.

Trotzdem fragte sie: „Abgelehnt?"

„Mama, Papa, Hanna und Martina sitzen jetzt im Zug nach drüben. Nur ich habe keine Reiseerlaubnis bekommen – angeblich, weil ich nicht gedient habe. Wollen die mich auf ewig einsperren?", platzte es aus ihm heraus.

„Papa, hast du was angestellt?", fragte der fünfjährige Kevin, während er einen Bauklotz auf den Turm legte, den er für seinen Bruder gerade gebaut hatte.

„Nein, das sagt Papa nur so. Das verstehst du noch nicht", erklärte Helma, während der kleine Patrick den Turm umschmiss, so dass die Holzklötze über den Boden polterten.

„Genau so müsste man diese verdammte Mauer einreißen können! Heute mussten wir Straßenlaternen in der Nähe der Mauer reparieren. Ich glaube, da waren zehn Männer in Uniform oder in Zivil, die uns – total unauffällig – ständig beobachtet haben. Ich weiß nicht, was ich mehr hasse, diese unüberwindbare Mauer oder das Gefühl, unter dauernder Beobachtung zu stehen."

„Nun iss erst mal was", sagte Helma, während sie ihren Jüngsten in den Hochstuhl setzte.

„Hab' keinen Hunger", brummte Frank. Da klopfte jemand an die Wohnungstür. Es war Dennis aus dem 11. Stock.

Der Freund durchschaute die Situation sofort: „Du darfst nicht zu deinem Opa fahren. Die Bescheinigung vom Hausarzt deines Opas, dass es ihm nicht gut geht, hat nichts genützt?"

„Doch, für meine Eltern und meine Schwestern schon. Nur mich lässt man nicht fahren. Ich hab' eine Wut! Dabei hat mein Onkel extra dazu geschrieben, dass Opa seine Enkelkinder noch einmal sehen möchte. Dieser Staat ist unmenschlich!" Bei diesen Worten öffnete Frank für seinen Besucher eine Flasche Bier. Helma schnappte sich die Kinder, um sie ins Bett zu bringen.

Sie hörte noch, wie Frank verkündete: „Heute häng' ich mir einen um."

0.30 Uhr. Frank, Dennis und Helma saßen immer noch am Küchentisch. Mitten auf dem Tisch stand ein ganzes Bataillon von leeren Bierflaschen. Nachdem die Kinder eingeschlafen waren, hatte Helma mitgeholfen, den Frust zu ertränken. Sie waren die ganze Zeit in der Küche geblieben. Heute hatten sie keine Lust gehabt, das Radio oder den Fernseher anzustellen und womöglich aufmunternde Parolen von Egon Krenz zu hören, die einem genauso auf den Geist gehen konnten wie vorher die von Erich Honecker. Draußen knallte es seit einiger Zeit. Frank ging zum Fenster und sah hinaus.

„Da werden Raketen abgeschossen wie bei einem Feuerwerk. Habt ihr 'ne Ahnung, was die da draußen feiern?"

„Is' auch egal", sagte Helma und fügte hinzu: „Das war unsere letzte Flasche Bier. Und jetzt gehen wir ins Bett. Morgen früh müssen wir arbeiten." Um das Hupen von Autos, das man von draußen hörte, kümmerten sie sich nicht weiter. Die Datumsanzeige an Franks Wecker war um Mitternacht vom neunten auf den zehnten November umgesprungen.

Der Kalender an der Wand zeigte das Jahr 1989!

5.30 Uhr. Der Wecker und das Telefon klingelten gleichzeitig.

Binnen Sekunden saßen Frank und Helma senkrecht im Bett. Frank nahm den Hörer ab.

„Hallo?" Franks Stimme klang noch etwas heiser.

„Hallo, Frank. Wann kommst du? Wir warten."

„Papa? Bist du in Westfalen?"

„Ja, wir sind alle hier bei Opa und Onkel Peter mit Mama, Hanna und Martina. Wir warten auf dich."

„Da könnt Ihr lange warten. Ich hab' keine Genehmigung gekriegt."

„Du brauchst doch keine. Die Mauer ist gefallen. Hast du denn nichts mitgekriegt?"

„Wie, die Mauer ist gefallen?" Frank sah auf die Bauklötze von Patrick, die immer noch in der Spielecke auf der Erde lagen, und dachte: „Verdammt, bin ich immer noch benebelt?" Laut erklärte er: „Wir haben gestern den ganzen Abend in der Küche gesessen und unsere Enttäuschung ertränkt."

„Dann schalte den Fernseher an und komm", forderte sein Vater ihn auf.

Da hatte Helma auch schon auf den Knopf gedrückt.

Die Nachrichtensprecherin wiederholte vermutlich zum x-ten Mal in dieser Nacht: „Sie sehen einen Ausschnitt aus der internationalen Pressekonferenz von gestern Abend."

Auf die Frage eines Journalisten verlas Günter Schabowski, Mitglied des Politbüros der SED, einen Text, den er vor der Pressekonferenz von Egon Krenz bekommen hatte: „Privatreisen nach dem Ausland können ohne Vorliegen von Voraussetzungen beantragt werden. Die zuständigen Abteilungen der Pass- und Meldewesen der Volkspolizeikreisämter in der DDR sind angewiesen, Visa zur ständigen Ausreise unverzüglich zu erteilen...."

Frank stellte den Fernseher lauter, um sich gleichzeitig anziehen und zuhören zu können. Helma versuchte die Kinder, die natürlich wach geworden waren, zu beruhigen.

Im Fernsehen antwortete Schabowski auf die Frage „Wann tritt das in Kraft?" stockend: „Das tritt nach meiner Kenntnis - ehm - ist das sofort, unverzüglich."

Eine Stunde später kam Frank an seiner Arbeitsstelle an.

Sein Chef begrüßte ihn mit den Worten: „Du bist noch da? Du wolltest doch zu deinem Opa!"

Die anderen Kollegen trudelten nach und nach ein. Sie kamen direkt vom Kudamm in Westberlin und hatten dort die ganze Nacht gefeiert.

Frank konnte sich nicht vorstellen, dass er ohne Genehmigung in den Westen reisen durfte und fuhr zum Polizeiamt. Dort war die Hölle los. Hunderte von Menschen versuchten, eine Genehmigung zur Ausreise nach Westdeutschland zu bekommen. Die Volkspolizisten waren total verunsichert. Es gab keine zuverlässigen Anweisungen von oben. Sie ließen Formulare ausfüllen und zögerten Entscheidungen hinaus.

Die wartenden Menschen schwankten zwischen Jubel, Frust und Ratlosigkeit. Aber man hielt durch. Schlange stehen hatte man in der DDR gelernt. Außerdem – wer wusste schon, ob diese Möglichkeit zu reisen von Dauer sein würde. Nach vier Stunden reichte es Frank endgültig. Er fuhr ohne Visum nach Hause.

Helma hatte am Morgen ihre Kinder zur Kindertagesstätte gebracht und war dann wie gewohnt zur Klinik gefahren, wo sie als Krankenschwester arbeitete. Als sie am Abend mit Kevin und Patrick nach Hause kam, war Frank am Kofferpacken. Er hatte beschlossen, auch ohne Genehmigung zu fahren.

Helma war bei dem Gedanken gar nicht wohl. Sie hatte von einer Arbeitskollegin gehört, dass die Ausreisewilligen zwar ausreisen dürften, aber einen Stempel in ihren Pass bekämen, der sie ausbürgerte und die Wiedereinreise in die DDR verbieten würde. Doch Frank ließ sich von seinem Vorhaben nicht abbringen. Er drückte Helma und die Kinder zum Abschied. Helma sah hinter ihm her, bis er mit seinem kleinen Koffer hinter der Fahrstuhltür verschwand. An diesem Abend schlief sie irgendwann vor dem Fernseher ein.

Um 5.30 Uhr am nächsten Morgen klingelte bei Peter in Westfalen das Telefon: „Hier ist die Bahnhofspolizei in Bad Oeynhausen. Spreche ich mit Herrn Brinkhoff?"

„Ja, am Apparat."

„Hier sitzt ein junger Mann namens Frank Brinkhoff. Er kommt aus der DDR und hat kein Westgeld. Er sagt, Sie seien sein Onkel. Stimmt das?" Peter schaltete sofort:

„In einer halben Stunde bin ich bei Ihnen und hole meinen Neffen ab."

Hermann Brinkhoff war glücklich, seine Kinder und Enkelkinder um sich zu haben. Die beiden Enkeltöchter Hanna und Martina blieben nur die vier genehmigten Tage in Holsen, wohingegen Frank und seine Eltern ihren Besuch beim Opa mutig auf eine ganze Woche ausdehnten. Mutig deshalb, weil keiner von ihnen glauben konnte, dass die Mauer endgültig gefallen war.

Am meisten Angst davor, dass die Grenze plötzlich wieder dicht sein würde, hatte Helma in Ostberlin. Zu unbegreiflich war diese plötzliche Wende in der ost-westdeutschen Geschichte, so wie sie sie bisher erlebt hatte.

Nach fünf Tagen rief Frank nachts um 2.00 Uhr bei Helma an und verkündete, angesteckt von der allgemeinen Euphorie: „Ich komme übermorgen nach Hause. Du kannst dir nicht denken, wie es hier aussieht. Ich könnte mir vorstellen, hier zu leben."

Da knackte es in der Leitung.

Helma rief erschrocken ins Telefon: „Das besprechen wir, wenn du wieder da bist", und legte auf.

Die ganze Nacht grübelte sie. Berlin, ihre gewohnte Umgebung verlassen, nach drüben in eine ungewisse Zukunft. Hier hatten sie beide Arbeit. Ihre Kinder waren versorgt. Nein, hier weg, das wollte sie nicht.

Am nächsten Morgen wurde Helma im Krankenhaus begrüßt: „Und Ihr wollt in den Westen rübermachen!?"

Eiskalt lief es ihr den Rücken runter. Wer von den Kolleginnen war bei der STASI? Wer hatte das Telefon abgehört? Wer war Freund oder Feind? Wem konnte sie trauen? Die totale Überwachung durch den Staat, das Misstrauen, das man jedem entgegenbrachte, es war unerträglich.

Plötzlich fiel ihr ein, dass man Kinder, deren Eltern fliehen wollten, aus den Tagesstätten holte. Eine unbeschreibliche Angst erfasste sie. Am liebsten wäre sie sofort losgerannt, um ihre Kinder abzuholen, aber damit hätte sie ja zugegeben, dass sie abhauen wollten, also hielt sie durch.

Als sie gegen Abend Kevin und Patrick in die Arme nehmen konnte, wusste sie, wenn Frank in den Westen wollte, sie würde zustimmen.

Frank und Helma waren davon überzeugt, dass die Öffnung der Grenze nicht von Dauer war. Noch im November siedelten sie nach Nordrhein Westfalen über. Ihre Wohnung, ihre Möbel, alles ließen sie zurück! Frank hatte bei seinem Besuch mit Hilfe der Verwandtschaft bereits erreicht, dass er ab 1. Februar des nächsten Jahres Arbeit hatte. Auch konnten sie zu Anfang mit der ganzen Familie bei Verwandten wohnen. Trotzdem, welch ein Entschluss!

Endlich vereint

Am 13. Mai 1990 strahlte die Sonne vom blauen Himmel über Bielefeld mit uns und unseren Gästen um die Wette, gerade so als wüsste sie, was sie diesem Tage schuldig war.

Es war der Sonntag von Daniels Konfirmation. Zum ersten Mal konnten zu einer Familienfeier von uns Birgit und Gerhard und die inzwischen erwachsenen Kinder kommen. Endlich war Deutschland und somit auch unsere Familie wieder vereint.

Ob Gottesdienst, Mittagessen, Kaffee trinken (mit Frankfurter Kranz, wie es die Fotos beweisen) oder Spaziergang auf der Promenade im Teutoburger Wald zur Sparrenburg, wir genossen bewusst, dass wir gemeinsam feiern konnten.

Als wir oben auf dem Turm der Sparrenburg standen, sagte Martina: „Wisst Ihr noch, wie wir unsere Ivenacker Eichen umfassten und davon träumten, auch einmal Bielefeld kennenzulernen? Das muss vor neun Jahren gewesen sein. Jetzt ist es endlich soweit."

Unwillkürlich rückten wir wieder wie damals so nah zusammen, dass wir alle einander berührten.

Dann erklärten Daniel und Marko ihren Cousinen und dem Cousin den Blick auf ihre Heimatstadt Bielefeld.

Martina sagte leise: „Schade, dass Oma und Opa diesen Augenblick nicht mehr miterleben!"

Von Bielefeld nach Halle an der Saale

24. Juli 1992, zweieinhalb Jahre nach dem Fall der Mauer.

„Du solltest um acht Uhr losfahren, dann kannst du um dreizehn Uhr in Halle sein", hatte Martin empfohlen. Seine Bank hatte ihn wegen seiner langjährigen Fachkenntnis zum Aufbau der Filiale für ein halbes Jahr nach Halle an der Saale abgeordnet.

Auf der Autobahn von Bielefeld bis Göttingen kam ich gut voran. Dann ging es auf der B 80 weiter und das bedeutete langsam, manchmal nur im Schritttempo.

„Stell dir vor, ich kann in Leipzig Abteilungsleiter werden", hatte Martin am Tag zuvor am Telefon gesagt. Seine Stimme hatte begeistert geklungen. Spielte er wirklich mit dem Gedanken, nach Leipzig umzuziehen? Wir waren doch glücklich in Bielefeld. Als Kind musste ich mit meinen Eltern oft den Wohnort wechseln. In Bielefeld war ich endlich zu Hause. Nein, mich noch einmal in einer anderen Stadt, einem anderen Bundesland eingewöhnen, das wollte ich nicht!

Aber vielleicht musste man ja gar nicht übersiedeln. Andere führten auch jahrelang eine Wochenendehe. War es das, was Martin in Erwägung zog?

Die ersten beiden Monate hatte er im Hotel gewohnt. Seit Anfang Juli hatte er eine kleine Wohnung. Deshalb konnte ich ihn jetzt in meinen Ferien gut besuchen. Tagsüber würde er arbeiten, und ich könnte mir die Gegend ansehen. Abends würde ich uns etwas kochen, oder wir könnten auch mal essen gehen.

Wie hieß doch gleich das Restaurant, von dem er in der Zeit, als er noch im Hotel wohnte, geschwärmt hatte, das mit der netten Bedienung? Davon war in den letzten Wochen gar keine Rede mehr. Kochte Martin jetzt abends immer selbst, oder ...? Ruckartig trat ich auf die Bremse, dass sie quietschte. Verdammt, das war gerade noch mal gut gegangen.

Nein, eine Wochenendehe kam doch nicht in Frage!

Überholverbot Ende. Ich musste mich auf den Verkehr konzentrieren. Zügig fuhr ich an einem klapprigen Skoda vorbei. Bis Nordhausen kam ich ganz gut voran. Dann hing ich wieder fest, diesmal direkt hinter einem Trecker. Der Gegenverkehr riss nicht ab. Also tuckerte ich langsam hinterher.

Dabei musste ich an Martins Eltern denken. Als sie aus der DDR flüchteten und im Westen den Neuanfang wagten, mussten sie ungefähr so alt gewesen sein wie wir jetzt. Aber s i e konnten nichts mitnehmen. Wenn wir nach Leipzig umziehen würden, könnten wir alles mitnehmen. Trotzdem, ich wollte nicht weg von Bielefeld!

Ich war Lehrerin an einer Schule mit netten Kollegen. Mir machte meine Arbeit Spaß. Und Martin? Er kam in Bielefeld doch auch gut klar. Waren es wirklich so interessante Aufgaben, die sich ihm in Ostdeutschland stellten? Träumte man denn als Bankkaufmann davon, einmal Bankdirektor zu sein? Dann durfte ich ihm wohl keinen Stein in den Weg legen.

Was würden unsere Söhne zu einem Umzug nach Leipzig sagen? Sie waren fast erwachsen. Sie würden nicht mitkommen wollen!

Endlich bog der Trecker rechts ab. Es ging wieder schneller voran, aber das Vergnügen dauerte nur kurz. Dieses Mal wagten es zwei Trabbis nicht, einen Lkw zu überholen.

Da, endlich das Ortseingangsschild von Halle-Silberhöhe. Unzählige, einheitliche Plattenbauten – elf Stockwerke hoch. Dazwischen Rasenflächen mit vollkommen gleich aussehenden Straßen. Mein Gott, wie trist es hier aussah. Keine Bäume, keine Menschen und vor allen Dingen keine Straßenschilder und keine Hausnummern.

Die Adresse, die ich suchte, lautete Silbertalstraße 12. Wie sollte ich die bloß finden?

Ich hielt am Straßenrand an. Mittlerweile war es zehn vor drei. Martin wartete bestimmt schon seit zwei Stunden. Ich hatte nichts mehr zu trinken, war müde und ratlos. Telefon hatten die Wohnungen nicht – ganz abgesehen davon, dass ich auch nirgendwo eine Telefonzelle sah. Das Zeitalter der Handys war noch nicht angebrochen.

Langsam fuhr ich Straße um Straße ab. Wohnten denn hier nur Berufstätige? Weit und breit niemand, den ich fragen konnte. Schließlich beschloss ich, irgendwo zu klingeln, solange, bis mir jemand aufmachte und sagen konnte, in welcher Straße ich war und vor welcher Hausnummer ich stand. Ich schaute hinauf zu den zahllosen, schweigenden Fenstern.

Da drüben, winkte da nicht jemand? Martin! Es war Martin! Wir liefen aufeinander zu, als hätten wir uns nicht vor einer Woche das letzte Mal gesehen.

Martin sagte: „Ich steh seit zwei Stunden am Fenster dort oben im siebten Stock. Vor zwanzig Minuten habe ich dich hier vorbeifahren sehen. Warum hast du das Haus nicht gefunden?"

„Wie denn, ohne Straßennamen und Hausnummern?"

Da schlug Martin sich mit der Hand vor den Kopf: „Ich Idiot. Sie sollen nächste Woche angebracht werden. Wir müssen die Dinge nach und nach auf Vordermann bringen."

Martin sagte „wir" und nicht „die Hallenser". Fühlte er sich hier schon so zu Hause?

Eine Stunde später waren wir auf dem Marktplatz in der Innenstadt von Halle.

„Dort arbeite ich in der ersten Etage." Martin zeigte auf ein alt-ehrwürdiges Gebäude direkt neben der Marktkirche mit den vier Türmen. Es war trostlos dunkelgrau wie noch fast alle Häuser ringsum. Aber die Bepflasterung des Platzes und die Straßenlaternen waren schon neu. Die Baugerüste an mehreren Gebäuden wiesen darauf hin, dass die Renovierung verstärkt in Angriff genommen wurde.

„Du hast zu den Kollegen hier besonders guten Kontakt?" wollte ich wissen.

„Und zu den Kolleginnen! – Vielleicht, weil ich ursprünglich auch aus Ostdeutschland komme."

„Oder weil dir die Aufbauarbeit so viel Spaß macht?"

„Da könntest du recht haben. Sicher hat man mir deshalb den Posten in Leipzig angeboten. Morgen zeige ich dir Leipzig. Das ist eine interessante Stadt."

Mehr als ein schwaches „Einverstanden" brachte ich nicht über die Lippen. Dann gingen wir durch eine Seitenstraße mit verfallenen grauen Häusern, deren Fenster zum Teil mit Ziegelsteinen ausgefüllt waren. Fensterhöhlen mit zerbrochenen Scheiben starrten mich an. Ein Schild warnte „Höchstgeschwindigkeit für Lkw 30 km/h Einsturzgefahr!" In dem Moment konnte ich Martins positive Stimmung ganz und gar nicht teilen.

„Hast du was? Du bist so still?", fragte Martin.

„Ich bin nur etwas erschöpft", behauptete ich und fügte hinzu: „Außerdem habe ich Hunger."

„Dann gehen wir jetzt in mein Lieblingsrestaurant", schlug Martin vor.

„Das mit der netten Bedienung?"

„Genau das, die wird Augen machen!"

Als wir das Gasthaus betraten, kam eine füllige Frau mittleren Alters mit üppigen blonden Locken auf meinen Mann zu und begrüßte ihn überschwänglich.

„Sie waren aber lange nicht mehr hier!"

„Ich wohne jetzt privat", teilte Martin ihr mit.

Ruckartig fuhr der Kopf der Blondgelockten herum, und sie musterte mich mit offenem Mund. Martins schalkhaften Blick schien sie nicht zu bemerken.

„Diese verschmitzt lachenden Augen sind es, in die ich mich vor 25 Jahren als erstes verliebt habe", schoss es mir durch den Kopf.

Später öffnete Martin für uns in der Silbertalstraße eine Flasche Sekt.

Ich gab mir einen Ruck und begann so locker wie möglich das Gespräch: „Den Sekt trinken wir auf deinen Posten als Abteilungsleiter in Leipzig?"

„Ich, nein, wir sind doch in Bielefeld zu Hause. Ich reise nicht der Karriere hinterher. Das können diejenigen machen, die keine Familie haben. Der Vorschlag meines Chefs hat mich gefreut, aber angenommen habe ich ihn nicht."

„Du willst gar nicht Leiter in Leipzig werden!?", rief ich aus.

„Nein. Bist du jetzt enttäuscht? Wärst du gerne mit einem Karrierebanker verheiratet?" Der erstaunte Unterton in seinen Worten war nicht zu überhören.

„Nein, nein, ganz bestimmt nicht!", versicherte ich. Ein Gefühl tiefer Erleichterung verdrängte all die vielen Gedanken, die ich mir im Laufe dieses langen Tages gemacht hatte.

„Du weinst ja?", stellte Martin erstaunt fest und küsste mir die Tränen aus dem Gesicht. „Warum?"

„Ich erkläre es dir später", flüsterte ich glücklich.

Im Radio sang Nana Mouskouri: „Schreib ein Liebeslied."

Fata Morgana

Jeder von uns hat bestimmt schon mal einen Schulaufsatz geschrieben mit dem Thema „Mein schönstes Ferienerlebnis".

Mir fallen dabei zum Beispiel die Sommerferien im Jahre 1994 ein. Marko und Daniel waren erwachsen und gestalteten ihren Urlaub mit Freunden und Freundin. Die Hauptsache-die-Kinder-sind-glücklich-Familienurlaube in Ferienwohnungen an der See oder in den Bergen waren Vergangenheit. Wir hatten zum ersten Mal einen Urlaub mit Flug in den Süden nach Albufera auf Mallorca gebucht, so einen Urlaub, wie ihn viele machen: Vierzehn Tage in einem Hotel mit Verwöhntwerden am Büffet, Schwimmen im Swimmingpool und Baden am Strand.

Am dritten Tag mieteten wir uns Fahrräder und los ging's. Unser Ziel war eine im Reiseführer als sehenswert angepriesene Kirche, die mit Sacré Coeur in Paris verglichen wurde, vermutlich, weil sie auf einem Hügel thronte; einfache Fahrt etwa dreißig Kilometer. Den Sonnenschein und die 35° im Schatten hatten wir noch nicht verinnerlicht. Es war heiß, kein Wölkchen am Himmel. Die wenigen uns entgegen kommenden Autofahrer schüttelten über uns verrückte Touristen den Kopf. Jetzt erst recht! Die asphaltierte Straße, immer leicht bergauf, nahm kein Ende. Unsere mitgenommenen Getränke waren längst aufgebraucht. Die Straße wurde steiler. Ich musste schieben.

„Ich weiß jetzt, wie sich ein Verdurstender in der Wüste fühlt", dachte ich.

Da kamen wir in eine kleine Ortschaft und fanden einen Tante-Emma-Laden, kauften zwei Flaschen Wasser und hielten Ausschau nach einem schattigen Platz. Diesen fanden wir in einem Rohbau. Wir ließen uns zwischen dem Bauschutt, Kabeln und verstreut liegenden Nägeln an eine unverputzte Wand gelehnt nieder und stießen mit unseren Wasserflaschen an. War das eine Wohltat! Wir genossen jeden Schluck des köstlichen Getränks.

Wir fuhren weiter. Wie eine Fata Morgana kam der Hügel mit der Kirche in Sicht, doch trotz eifrigen Strampelns schien sich der Abstand zu dieser Sehenswürdigkeit nicht zu verringern. Die Mittagssonne stach erbarmungslos.

Eine Stunde später kamen wir an einem Friedhof vorbei, ein idealer Platz für eine Mittagspause.

„Hätte nie gedacht, dass ich mich auf einem Friedhof mal so wohl fühlen würde", stellte Martin fest, und ich ergänzte: „Na ja, is' wohl weniger der Friedhof als diese Mauer mit dem Baum davor, die uns Schatten geben."

Plötzlich sagte Martin: „Oder sollen wir uns die Kirche noch mal im Reiseführer ansehen?"

Kurze Pause des Nachdenkens meinerseits…, und schon hatte ich mein Fahrrad mit einem Schwung gewendet.

Der Fahrtwind bergab kühlte wunderbar und unsere Fata Morgana war nunmehr ganz deutlich der Swimmingpool unseres Hotels. Das war des Tages erster Streich.

Stunden später sprangen wir in den Fahrstuhl, denn unser Hotelzimmer lag im vierten Stock. Da sagte es plötzlich klack, und der Aufzug bewegte sich nicht mehr. Wir schwebten zwischen der zweiten und dritten Etage. Schlagartig war es dunkel um uns. Wir begannen zu rufen und zu klopfen, immer energischer, bis wir schließlich eine Stimme vernahmen: „Un momento! L'ascenso esta defectuoso!" Defekt! Aha, das hatten wir auch schon gemerkt. Aber immerhin, sie hatten uns gehört.

Zuerst versuchten wir noch, uns mit witzigen Bemerkungen bei Laune zu halten: „Zieh den selbst gestrickten Pullover deiner Oma aus!" – „Geht nicht, der Reißverschluss klemmt."

„Zu wie viel Prozent besteht der Körper aus Wasser?"

„Weiß nicht, meiner schrumpft jedenfalls bereits."

Unser Bedürfnis zu reden nahm immer mehr ab. Ich sah den Swimmingpool wie eine Halluzination? Die Luft war stickig.

„Wie lange reicht wohl die Luft zum Atmen?", fragte ich. Mein Kreislauf machte mir Probleme. Als Antwort brachte Martin uns durch ein lautstarkes „Hallo. Wir sitzen hier fest!" in Erinnerung. Ein Klopfen antwortete. Also arbeiteten sie an unserer Rettung. Sie kam, bevor wir vor Durst und Luftmangel umkippten. Dieses war der zweite Streich.

Eine kleine Ewigkeit später öffnete Martin eine Piccoloflasche, die wir in der Minibar gefunden hatten.

Ich rief: „Komme gleich, ich fön mir nur noch die Haa…". Da war der Strom weg.

Entsetzt stellte ich fest: „Jetzt habe ich einen Kurzschluss verursacht!"

Doch Martin beruhigte mich: „Der Strom ist in der ganzen Anlage weg. Das ist nicht deine Schuld."

Es sah phantastisch aus. Der Swimmingpool, die Liegen, das Meer waren in das langsam verschwindende Rot der Abendsonne getaucht. Dann wurde es ziemlich dunkel. Man hörte mehr und mehr Stimmen von den anderen Balkonen.

Da fragte Martin: „Kennst du den Unterschied zwischen dir und einer echten Fata Morgana?" „Nein." „Dich kann ich zwar auch nur schemenhaft sehen, aber dich kann ich fühlen! …"

Dieses war der dritte Streich!

Den Rest des Mallorcaaufenthaltes verbrachten wir wie alle anderen Hotelgäste mit Baden, Sonnen, Lesen, Tanzen, Essen und Trinken. Auch Urlauben will gelernt sein.

Als wir wieder zu Hause waren, klingelte das Telefon.

Gerhard war am Apparat: „Martin hat doch noch Urlaub. Habt Ihr nicht Lust zu einem verlängerten Wochenende in Mecklenburg? Ihr seid herzlich eingeladen." Wir mussten nicht lange überlegen, begeistert sagten wir zu.

War das eine gute Fahrt! Nach nur vier Stunden waren wir dort. Wenn ich da an die früheren langen Anreisen mit stundenlangem Warten an der Grenze denke!

Das Wetter war traumhaft. Für den Freitagnachmittag hatten Birgit und Gerhard eine Bootsfahrt auf der Müritz geplant. Wir fuhren durch das Naturschutzgebiet. Der Bootsführer stellte den Motor ab. Leise glitten wir übers Wasser. Wir beobachteten die scheuen Vögel am Ufer. Es war Erholung pur.

Am Samstag, so hatte uns Gerhard vorher gesagt, hatten wir „Freizeit", denn er und Birgit hatten zu tun.

Gerhard schlug vor: „Wenn Ihr Lust habt, könnt Ihr baden gehen im See von Rittermannshagen. Ihr geht etwa eineinhalb Kilometer die Straße hinauf, dann rechts ab am Zaun entlang bis zum See. Dort führt ein privater Steg zum Wasser. Er gehört unserem Nachbarn. Der weiß, dass Ihr im Lande seid."

Als wir losmarschierten, hing Birgit gerade im für die Enten abgezäunten Garten Wäsche auf.

Gerhard, der im Begriff war, die Enten zu füttern, rief uns hinterher: „Den Badeanzug könnt Ihr hierlassen. Ihr seid dort ganz alleine."

Wir sonnten uns auf dem Steg und tauchten ein in das erfrischende von der Sonne leicht erwärmte Wasser des Sees.

Wir lauschten der Stille, schwammen zwischen Seerosen und beobachteten die Libellen. Hoch über uns kreiste ein Seeadler. Am anderen Ende des Sees konnten wir ein Fischerboot erkennen. Die Ufer waren ringsum mit Schilf zugewachsen.

„Es ist hier wie im Paradies", sagte ich.

„Einverstanden", meinte Martin, „den Apfel kann Birgit uns sicherlich nachreichen …"

Am Sonntag kamen Töchter, Schwiegersöhne und Enkelkinder von Birgit und Gerhard. Es gab Birgits legendären Entenbraten, denn keine kann Ente so knusprig zubereiten wie Birgit.... Die Mahlzeit war lecker, real und keine Fata Morgana!

Jetzt frage ich Sie, lieber Leser: „Welches dieser Urlaubserlebnisse war nun das Schönste?"

Müritzschwimmen

Donnerstag, 30. Juli 1998. Martin und ich waren auf dem Weg von Bielefeld nach Lansen in Mecklenburg-Vorpommern, um dort Birgit und Gerhard zu besuchen. Wir freuten uns auf ein ruhiges, erholsames Wochenende: Essen, Lachen, Spazierengehen, vielleicht auch Baden in einem der wunderschönen Seen in der Nähe. Diesen Rhythmus gedachten wir vier Tage lang zu genießen. Aber es kam ganz anders!

Ortseingangsschild von Waren an der Müritz. Jetzt war es nicht mehr weit. Da sahen wir das Plakat: Groß und unübersehbar wurde für Samstag, den 1. August, das 29. Müritzschwimmen angekündigt.

„Mensch, so'n Zufall. Davon habe ich schon gehört, als es noch die Mauer gab. Das würde ich mir gerne einmal ansehen", sagte ich begeistert.

„Ansehen!" rief Martin aus. „Du doch nicht. Da machst du mit! Morgen erfragen wir Näheres beim Tourismusbüro."

Die Achtung meines nicht gerne schwimmenden Ehemannes vor meinen sportlichen Fähigkeiten schmeichelte mir, aber ich hoffte doch, dass der Anmeldetermin für dieses Wettschwimmen schon verstrichen war. Schließlich war ich schon 55 und galt bei den Wettkämpfen zu Hause nicht nur als Seniorin, sondern als Grufti.

Man konnte sich auch vor Ort noch anmelden. Start des Müritzschwimmens war im Seebad Ecktannen, Ziel im Volksbad auf der anderen Seite der Bucht, an der Waren liegt. Länge der Strecke: 2000 m. Die beiden Kilometer schreckten mich nicht, hatte ich doch den Afritzer See in Kärnten der Länge nach und den Wörthersee quer durchschwommen. Trotzdem hatte ich so ein mulmiges Gefühl. Ich würde mir das Spektakel lieber erst einmal ansehen. Vielleicht könnte ich ja im nächsten Jahr mitmachen?

Martin protestierte: „Wir sollen um 7.00 Uhr aufstehen, nur, um bei einem Wettkampf zuzugucken, an dem du n i c h t teilnimmst, wo du doch so gut im Training bist!"

In dem Punkt hatte Martin recht. In den Wochen zuvor war ich täglich 1500 m bei uns im Wiesenbad geschwommen.

„Überredet!", verkündete ich mutig.

Samstag, 1. August, 8.30 Uhr. Ich zahle meine Startgebühr und bekomme dafür eine rosa Badekappe mit der Nummer 262. Ich ziehe meinen Schwimmanzug an, zwänge die aerodynamische Badekappe über meine Haare, so dass es ziept und setze die Schwimmbrille darüber. Socken und Turnschuhe behalte ich lieber erst noch an, denn es ist sehr frisch. So mische ich mich unter die circa 300 anderen rosa kahlköpfigen aber mit einer schwarzen Nummer auf dem Kopf gekennzeichneten Schwimmerinnen und Schwimmer. Sie sind alle jung, fröhlich, hüpfen sich warm oder machen Dehnübungen und cremen sich ein, wobei sie mit mehreren Fingern in Dosen fassen und mit dem Wundermittel nicht sparsam umgehen. Ich habe nichts dergleichen mit und versuche ebenfalls, mich warmzumachen.

Da höre ich, wie Martin einen jungen Mann, der unser Sohn sein könnte, anspricht: „Entschuldigen Sie, meine Frau hat ihr Melkfett vergessen."

„Da", der muskulöse Schwimmer streckt mir eine Dose in der Größe eines kleinen Kochtopfs entgegen, „dett kann passier'n, bedien dir." Nach einigen Minuten glänze ich genauso wie die anderen und fühle mich schon ganz dazugehörig. Unauffällig halte ich Ausschau nach älteren Schwimmerinnen. Gewertet wird schließlich in Altersgruppen. Zwei kann ich entdecken.

Die eine eher Vollschlanke in meinem Alter sieht mich, kommt auf mich zugehüpft und informiert mich: „Meine Tochter nimmt in diesem Jahr nicht teil. Das Wasser ist ihr wegen des schlechten

Wetters in den letzten Wochen zu kalt. Da sind meine Fettpolster mal ganz hilfreich."

„Wie viel Grad hat denn das Wasser?" frage ich.

„17,5!" trompetet meine neue Bekannte und mustert meine im Vergleich zu ihr wenig gepolsterten Arme und Beine mit zufriedenem Blick. Ich scheine für sie keine Konkurrenz darzustellen.

In dem Augenblick kommt durch den Lautsprecher die Ansage: „Sie werden rechts und links von Rettungsbooten des Deutschen Roten Kreuzes begleitet. Bei Problemen heben Sie bitte einen Arm."

Dann geht es los. Wir begeben uns schon mal bis zu einer gedachten Linie ins Wasser. Die Siegeswilligen sichern sich die Poleposition. Ich winke Martin zu, der noch ein letztes Foto macht. Danach will er mit meiner Garderobe zum Auto gehen und ans andere Ufer fahren.

Startschuss! Während die ersten vorne schon spritzend loskraulen, setze ich meine Schwimmbrille über die Augen, wundere mich noch, dass kaum einer eine Schwimmbrille hat, und schwimme los, bescheiden im hinteren Feld. Dabei sein ist alles!

Nach wenigen Metern weiß ich, warum keiner eine Schwimmbrille trägt. Sie ist total beschlagen. Ich sehe nichts mehr. Ich muss die Brille hochsetzen auf die Stirn. Ich schlucke Wasser, pruste. Ich muss meinen Rhythmus wieder finden. Die Wellen werden stärker. Es weht ein scharfer Wind. Die Wellen haben zum Teil Schaumkronen. Die Sonne scheint, aber das Wasser ist kalt. Ich habe das Gefühl, überhaupt nicht voranzukommen. Immer, wenn ich mit einem Schwimmstoß einen Wellenberg erklommen habe, zieht mich das Wasser wieder ein Stück zurück. Wo ist überhaupt das Ziel? Ich bin kurzsichtig, kann das Ziel nicht erkennen. Ich glaube, ich mache einen Umweg. Die anderen rosa Köpfe tauchen weiter rechts hinter den Wellenbergen auf. Ich muss mich rechts halten. Mein Gott, ist mir kalt. In meinen Händen und Füßen habe ich kein Gefühl mehr. Es stimmt wirklich: Je oller, je doller.

Ich kann nicht mehr. Das Weiße dort, das muss das Ziel sein. Das sind höchstens noch 300 Meter. Die schaff' ich doch!

Da höre ich in Gedanken die Worte unseres Übungsleiters beim Rettungsschwimmkurs: „Denken Sie daran. Auch gute Schwimmer gehen manchmal unter, weil sie es nicht wahrhaben wollen, dass sie erschöpft sind. Klug ist, wer weiß, wann er aufgeben muss."

Die meisten Teilnehmer sind inzwischen vor mir. Einige wenige sind noch auf meiner Höhe oder gar hinter mir. Aber die sind alle zu zweit. Ich bin allein. Wenn ich jetzt nach einem Schwimmzug nicht wieder auftauche, das merkt kein Mensch. Das Rettungsboot ist weit weg. Die können doch gar nicht alle rosa Köpfe im Auge behalten. Panik erfasst mich. Ich sehe die Zeitungsüberschrift „Unglück beim Müritzseeschwimmen" vor mir. Martin wartet, aber ich komme nicht. Ich hebe meinen Arm. Die sehen mich gar nicht. Wieder hebe ich meinen Arm. Ich habe keine Kraft mehr. Da braust das Rettungsboot los – direkt auf mich zu.

Ich liege im Boot, zugedeckt mit einer Decke. Ich friere entsetzlich. Wir landen. Sie bringen mich zu einem Rot-Kreuz-Wagen und geben mir etwas Warmes zu trinken.

Ein Mann nimmt ein Mikrofon und sagt: „Der Schwimmer mit der Nummer 262 möchte bitte zum DRK-Wagen kommen."

Ich halte meine Badekappe mit dieser Nummer in der Hand und denke: „Seltsame Durchsage. Ob Martin wohl meine Startnummer weiß und darauf reagiert?"

Da steht Martin auch schon in der Tür.

Mit den Worten „Ich habe schon immer unter den ankommenden Schwimmern nach dir Ausschau gehalten!" reicht er mir meine wärmende Garderobe.

Beim familiären Abendessen ging es mir schon wieder gut.

Unsere Nichte Hanna meinte bewundernd: „Zwei Kilometer Schwimmen, das ist ja so weit wie von Lansen nach Groß Giewitz. Das gehe ich ja noch nicht mal zu Fuß!"

Am Abend vorm Schlafengehen entdeckte Martin einen länglichen blaugrünen Bluterguss an meiner linken Körperhälfte. Das musste passiert sein, als man mich ins Boot zog, aber daran kann ich mich nicht erinnern.

Als ich zu Hause unseren Söhnen mein T-Shirt mit der Aufschrift „Waren 98 – 29. Müritzschwimmen" und die rosa Badekappe zeigte, meinte Marko scherzhaft: „Für ein geringes Startgeld ein T-Shirt, eine Badekappe, eine Bootsfahrt auf der Müritz, das ist doch was!"
Ich ergänzte: „Und außerdem bin ich um eine unbezahlbare Erfahrung reicher geworden!"

Weiter so

Am Sonntag, den 1. Dezember 2002, klingelte schon vor acht Uhr das Telefon! Martin und ich lagen natürlich noch im Bett. Ich war schneller am Telefon als er.

Marko sagte: „Guten Morgen, O m a" Für diese wunderbare Anrede hätte er uns auch mitten in der Nacht wecken dürfen! Marko und Silvia hatten uns nicht verraten, dass Silvia am Abend vorher mit Wehen ins Krankenhaus gekommen war.

Als ich Martin die freudige Nachricht ans Bett brachte, hüpfte mein Ehemann wie ein Gummiball auf und ab und sang: „Ich bin ein Sonntagsopa, ich bin ein Sonntagsopa." Natürlich mussten wir die große Neuigkeit sofort per Telefon weitergeben.

In Kümmerdingsen war Marion am Apparat. Sie gratulierte begeistert und schwärmte: Es ist wunderbar, Enkelkinder zu haben." Marion und Peter hatten zu dem Zeitpunkt drei Enkeltöchter.

Gerhard reagierte: „Herzlichen Glückwunsch, weiter so, kleiner Bruder." So nannte er Martin seit jeher scherzhaft, weil dieser zwar größer, aber jünger war als er. Gerhard und Birgit wussten, wovon sie sprachen. Ihre acht Enkelkinder, alle bereits Teenager oder älter, trafen sich immer gerne bei Oma und Opa.

Die Glocken läuteten

Rittermannshagen. Mai 2006. Birgit stand neben Gerhard vor der alten Kirche aus rotem Backstein. Sie trug ein dunkelblaues Kostüm mit weißer Bluse – fast genau so wie vor 50 Jahren. Ein bisschen fülliger war sie inzwischen geworden.

„Komm", rief Gerhard, „meine kleine Konfirmandin. Ich muss dich noch dekorieren, damit man sieht, dass du dazu gehörst." Sorgfältig befestigte er eine goldene Schleife am Revers ihres neuen Blazers.

Er legte seine Hände auf ihre Schultern und sagte schmunzelnd: „Du siehst heute noch besser aus als damals."

„Wenn man sich die Falten wegdenkt", antwortete sie lachend.

Dann fuhr sie nachdenklich fort: „Weißt du noch, wie aufgeregt ich war – nicht wegen der Konfirmation, sondern weil du auch in der Kirche warst?"

Gerhard stellte fest: „Du hast immer wieder zu mir herübergesehen. Das muss selbst dem Pfarrer aufgefallen sein." Dabei strich er ihr liebevoll über die modisch gefärbten Haare.

In dem Moment begannen die Kirchenglocken zu läuten. Gerhard und Birgit schauten hinauf zu den Glocken, deren Klang seit Jahrzehnten der gleiche war. In Gedanken ließ Birgit die letzten fünfzig Jahre vor ihrem inneren Auge Revue passieren. Sie fühlte, dass Gerhard genau wie sie an jenen Tag im Dezember 1960 dachte. Das war vier Jahre nach ihrer Konfirmation. Er war zu ihr gekommen und hatte sie angesehen mit einem Blick, den sie nie vergessen würde. Sie hatte sofort gewusst, dass etwas passiert war. Birgit konnte sich noch genau an seine ersten Worte erinnern.

„Meine Eltern sind weg", hatte er mit gepresster Stimme gesagt. „Sie haben eine Reiseerlaubnis bekommen. Sie durften zum

Geburtstag meiner Oma in den Westen fahren. Ich habe sie zum Bahnhof gebracht. Mama und Papa werden drüben bleiben."

„Und Peter und Martin? Was ist mit deinen beiden Brüdern?", hatte sie entsetzt gefragt.

„Die sind angeblich zum Weihnachtsmarkt nach Ostberlin gefahren – ohne Gepäck, damit es nicht auffällt. Als die S-Bahn auf der Fahrt dorthin planmäßig in Westberlin hielt, sind sie ausgestiegen. Die kommen auch nicht wieder", hatte er mit tonloser Stimme geantwortet.

„Sie sind alle abgehauen?", hatte Birgit ausgerufen und ihn dabei ungläubig angestarrt.

Er hatte nur genickt, denn er konnte nicht weitersprechen. Aber seine vor Tränen schimmernden Augen verrieten, was in ihm vorging.

Gerhard hatte sie wie heute in die Arme genommen. Damals war ihnen, als schwankte der Boden unter ihren Füßen. Sie hatten einander festgehalten, um nicht umzufallen.

Dann hatte sie ihn leise gefragt: „Und du, warum bist du nicht auch gefahren?"

„Deinetwegen." Mehr als dieses eine Wort hatte er nicht herausgebracht.

Das schmerzhafte Glück, das Birgit empfunden hatte, weil er ihretwegen dageblieben war, spürte sie noch so stark, als sei seitdem nur kurze Zeit vergangen.

Die Kirchenglocken läuteten unüberhörbar. Birgit und Gerhard standen noch immer regungslos. Jeder las in den Augen des anderen die gemeinsamen Erinnerungen.

„Es geht los. Wir müssen reingehen", sagte Birgit und, wie um eine schöne Erinnerung heraufzubeschwören, fuhr sie fort: „Die Glocken haben auch geläutet, als wir ein halbes Jahr später heirateten."

Birgit spürte, wie sich seine Hände auf ihren Schultern anspannten, als er ergänzte: „Ohne meine Eltern und Brüder. Sie wären so gerne zur Hochzeit gekommen. Ich habe Mamas Brief noch, in dem sie uns Glück wünscht und schreibt, wie traurig sie ist, dass sie nicht dabei sein kann."

Die Kirchenglocken läuteten immer noch.

„Gerhard?"

„Ja?" Er sah sie fragend an.

Sie zögerte, doch jetzt wollte sie eine Antwort haben auf eine Frage, die sie sich manchmal gestellt hatte, ohne den Mut zu haben, sie auszusprechen: „Hast du es eigentlich jemals bereut, meinetwegen hier geblieben zu sein?"

Gerhard antwortete nicht sofort.

Ihr schien, als holte sie ihn aus weiter Ferne in die Gegenwart zurück, bevor er reagierte: „Aber nein, wie kannst du so was fragen! Nein Birgit, nicht einen Augenblick. Wir gehören doch zusammen. Wir beide, wir haben hier unsere Wurzeln." Er drückte sie, dass es schmerzte. Aber das war ein wunderbarer Schmerz.

Die Glocken hatten aufgehört zu läuten.

Da nahm Birgit die aufgeregte Stimme von Christiane wahr: „Mama, Mama, wo bleibt ihr denn? Du musst kommen. Die Konfirmanden sind schon alle in der Kirche."

Obwohl Birgits neue Schuhe bei jedem Schritt drückten, war ihr, als ließe das Glück sie zur Kirche schweben. Die Orgel spielte schon. Die Gemeinde sang: „Jesu, geh voran auf der Lebensbahn..." Birgit nahm Platz bei den Konfirmanden und Gerhard auf der Seite der Gäste – genau wie damals.

Nach dem Lied begrüßte der Pfarrer die Jubilare: „Liebe Konfirmandinnen und Konfirmanden, in dieser Kirche wurden Sie konfirmiert, und jetzt 50 Jahre danach, ist heute für Sie wieder ein besonderer Tag..."

„Ja", dachte Birgit, „für mich ist es ein ganz besonderer Tag..."

Eine besondere Auszeichnung

Januar 2009. Immer mehr festlich gekleidete Gäste kamen in den Vorraum zum Sitzungssaal des Kreishauses in Minden. Herzliche Begrüßungen, Umarmungen. Alle schienen sich zu kennen. Manche hatten sich lange nicht gesehen. Peter konnte es nicht fassen, dass so viele Verwandte und Freunde seine Einladung angenommen hatten. Eigentlich war er selbst Gast auf seiner Feier, von der er einige Wochen zuvor noch nichts wusste. Schon seit einem Jahr hatte er das Gefühl, dass etwas im Busche war, das ihn betraf und wovon er doch nichts erfahren sollte. Unterhaltungen wurden abgebrochen, wenn er den Raum betrat, so als hätte man über ihn gesprochen. Die Kinder oder Nachbarn, ja selbst Parteifreunde und sogar der Bürgermeister hatten unvermittelt Fragen gestellt, die sich auf manchmal weit zurückliegende Ereignisse bezogen.

Die Türen zum Sitzungssaal wurden geöffnet. Wir Gäste nahmen im Halbrund Platz, während für Marion und Peter Stühle in der Mitte des Raumes bereitstanden. Die Gespräche verstummten. Man war gespannt auf das, was kommen würde.

Der Landrat begann seine Laudatio mit der Feststellung, dass der Sitzungssaal mit fast siebzig Gästen so gut besetzt war wie normalerweise für zwei „Beehrte". Er würdigte Peters Wirken in vielfältigen ehrenamtlichen und sozialen Bereichen: Im Gemeindesportverein, bei der Feuerwehr, im Kindergarten, im Rassegeflügelzuchtverein und nicht zuletzt seit fünfundzwanzig Jahren in der Kommunalpolitik. Dann war es so weit. Der Landrat überreichte Peter Brinkhoff im Namen des Bundespräsidenten Horst Köhler die „Verdienstmedaille des Verdienstordens der Bundesrepublik Deutschland" für seine „Lebensleistung zum Wohle der Allgemeinheit". Es war ein bewegender Augenblick. Keiner von uns hatte bisher an einer solchen Feierstunde teilgenommen, und jetzt bekam unser Peter das Bundesverdienstkreuz! Marion erhielt einen wunderschönen großen Blumenstrauß.

Es folgten weitere Ansprachen. Hatte Peter auch eine Rede vorbereitet? Als nächstes hob der Bürgermeister von Hüllhorst die verdienstvollen Leistungen des Ratsherrn Peter Brinkhoff hervor, darunter viele Fälle, in denen Peter vorbildlich Menschen in schwierigen Situationen geholfen hatte. Zum Beispiel hatten Peter und Marion den Afrikaner Franco viele Monate in ihrer Familie aufgenommen, weil er zwar eine Arbeit, aber keine Wohnung hatte. Ich konnte mich gut an ihn erinnern, weil ich mich mit ihm mehrmals auf Französisch unterhalten hatte, der Amtssprache seines Heimatlandes Togo.

Jeder Laudator wies auf die bemerkenswerte Gastfreundschaft im Hause Brinkhoff hin. Dabei vergaß kein Redner, die aktive Rolle Marions zu betonen. Wie eine Königin saß sie in ihrer gewohnt aufrechten Haltung auf ihrem Stuhl und verschwand fast hinter dem Strauß gelber und roter Rosen.

In der Summe präsentiert war die Anzahl der Gründe für diese Auszeichnung beeindruckend. Wir waren uns alle sicher, dass Peter die Ehrung verdient hatte, und auch ein bisschen stolz darauf, mit ihm verwandt oder bekannt zu sein.

Martin hatte Gerhard im Vorfeld am Telefon gefragt, ob er im Namen der Brüder, Cousins und Cousinen eine Rede halten wollte. Gerhard hatte geantwortet: „Das überlasse ich dir, mein kleiner Bruder. Du wohnst näher dran." Erklärend fügte er hinzu: „Ich rede hier bei uns schon genug." Gerhard war nach der Wende in seiner Heimatgemeinde zum Bürgermeister gewählt worden und übte sein Amt schon seit achtzehn Jahren mit viel Engagement aus.

Martin brachte in seiner Ansprache auf den Punkt, was die Gäste dachten: „Möchten wir nicht alle ein bisschen Peter sein?"

Sohn Alexander sagte unter anderem: „Wir haben durch euch gelernt, frühzeitig Verantwortung zu übernehmen. Dafür sind wir dankbar." Er verriet aber auch Anekdoten aus dem Familienleben. So wurden die Ansprachen immer fröhlicher.

Marions Schwester beendete ihre Rede mit den launigen Worten: „Lieber Peter, all das kann nur leisten, wer meine Schwester zur Frau hat." Durch die Reden der Familienangehörigen bekam die Feierstunde einen besonderen Akzent.

Zum Schluss ging Peter selbst ans Rednerpult. Er gab das viele Lob als Dank an alle weiter, die ihn unterstützt und seinen Einsatz mitgetragen hatten, vor allem an seine Familie. Stolz erwähnte er: „Unsere Kinder und Schwiegerkinder sind ebenfalls alle ehrenamtlich engagiert." Peter sprach ruhig und sicher. Doch als er seine Rede mit den Worten „Ohne meine Frau hätte ich das alles nicht geschafft" beendete, merkte man seiner Stimme die Ergriffenheit an. Wir Gäste applaudierten lebhaft. Peters Worte waren der Höhepunkt dieser einmaligen Feierstunde.

Nach der offiziellen Veranstaltung mit anschließendem Sektempfang hatte der sogenannte Veranlasser für diese Auszeichnung, ein erfolgreicher, umsichtiger Hüllhorster Unternehmer, zum lukullischen Imbiss eingeladen. Typisch Peter: Bei diesem Essen in lockerer Runde ließ er ein großes Sparschwein herumgehen „als Beitrag zur Sprachförderung von Drei- bis Vierjährigen im Kindergarten." Das Sparschwein wurde gerne gefüttert – auch von Franco aus Togo, der inzwischen längst mit seiner Familie in einer eigenen Wohnung wohnte. Dabei erklärte der Afrikaner: „Sprachförderung ist wichtig. Meine Kinder sprechen gut Deutsch, weil sie hier aufwachsen konnten. Das verdanke ich auch Familie Brinkhoff."

Zum Schluss trug Peters und Marions dreijähriger Enkelsohn das Sparschwein vorsichtig durch den Saal und brachte es dem strahlenden Opa mit der Frage: „Warum klappert es nicht?"

„Weil es mit Papierscheinen gefüllt ist, die mag es am liebsten", antwortete Peter lächelnd.

Der richtige Weg?

24. Dezember 2010. Martin schmückte den Weihnachtsbaum, und ich saß an der Orgel und spielte Weihnachtslieder. Man konnte meinen, es würde ein Heiligabend, der sich in seinem Ritual nicht von dem vergangener Jahre unterscheidet. Und doch war etwas ganz anders. An diesem Heiligen Abend würden wir zum ersten Mal allein sein. Unsere beiden Söhne, die Schwiegertöchter und unsere drei Enkel würden erst am nächsten Tag zu uns kommen, weil der Heilige Abend nun der eigenen Familie gehörte.

Bei der Vorbereitung auf Weihnachten hatten wir uns gefragt, wie wir unseren Heiligen Abend in diesem Jahr ohne die Kinder gestalten sollten. Viele unserer befreundeten Ehepaare schenkten sich gegenseitig nichts mehr zu Weihnachten, sondern kauften nur noch Wunschgeschenke für ihre Kinder. Sollten wir es genauso handhaben? Wichtige Neuanschaffungen tätigten wir sowieso gemeinsam. Dafür brauchten wir keinen besonderen Anlass.

Und doch fragten wir uns gegenseitig: „Was wünschst du dir zu Weihnachten?" Die Antwort lautete bei uns beiden ähnlich: "Nichts. Ich bin wunschlos glücklich."

Würde Martin sich tatsächlich danach richten? Ich arbeitete in Wirklichkeit schon lange an einem Geschenk für ihn, einem selbst gestalteten Kalender. Für jeden Monat hatte ich eine besondere Karte ausgesucht, zu der ich eine Geschichte oder ein Gedicht geschrieben hatte. Bisher hatten wir uns immer auch gegenseitig beschenkt. Und dieses Mal? Gehörte das Auswickeln liebevoll verpackter Geschenke nicht unbedingt dazu?

Als wir nach dem Weihnachtsgottesdienst nach Hause fuhren, sagte Martin unvermittelt: „Und nach der Ansprache von Christian Wulff machen wir Bescherung." Also hatte Martin auch Geschenke für mich. Mein Herz hüpfte vor Freude.

„Fröhliche Weihnachten, liebe Mitbürgerinnen und Mitbürger",
begann der Bundespräsident seine Weihnachtsansprache. „In diesen
festlichen Tagen nehmen wir uns Zeit für Menschen, die uns wichtig
sind. Wir freuen uns über Besuche, Briefe und Anrufe. Wir spüren,
wir gehören zusammen, wir …"

Hatte Martin auch eine Überraschung für mich? Meine Geschenke
warteten bereits auf ihren Einsatz. Würde er sich freuen? Was würde
er zu meinem Kalender sagen?

Die Ansprache von Christian Wulff war zu Ende. Martin holte
mehrere Päckchen und legte sie unter den Weihnachtsbaum. Ich
baute meine Geschenke daneben auf. Es kribbelte wie jedes Jahr,
solange ich denken kann. Ich bekämpfte meine Neugier, ging an die
Orgel und spielte: „Stille Nacht, heilige Nacht" und „Am
Weihnachtsbaum die Lichter brennen". Martin sang dazu.

Dann endlich Bescherung. Wir packten aus im Wechsel. Eine CD,
Bücher, Konzertkarten, Lieblingspralinen, einen Ledergürtel, einen
elektronischen Bilderrahmen. Und dann das letzte Geschenk –
zuerst Martin. Sorgfältig löste er den Tesafilm vom Geschenkpapier.

Für das Deckblatt des Kalenders hatte ich eine Karte ausgesucht, die
mir besonders gefallen hatte. Auf ihr waren sechs Wegweiser zu
sehen, die in verschiedene Richtungen zeigten.

Ich erklärte: „Dazu habe ich für dich eine Parabel geschrieben mit
der Überschrift ‚Der richtige Weg'. Sie ist gewissermaßen meine
Titelgeschichte für diesen Kalender."

Als Martin mich in den Arm nahm und sich herzlich bedankte,
bemerkte ich in seinen Augen ein geheimnisvolles Lachen, das ich
nicht zu deuten verstand.

Dann bat Martin mich, ihm meine Geschichte vorzulesen. Das
machte ich gern.

Der richtige Weg

Es waren einmal sechs Freunde. Die wollten gemeinsam auf
Wanderschaft gehen. Sie marschierten los, sangen und waren guter

Dinge bis sie an eine Wegekreuzung kamen. Sechs Wege führten in sechs verschiedene Richtungen. Hinweisschilder, die an einem Pfahl befestigt waren, gaben die Ziele an: Glück, Erfolg, Leichtigkeit, Gesundheit, Freude und Liebe.

Sogleich begannen die Freunde lebhaft zu diskutieren, denn jeder entschied sich für einen anderen Weg. Da sie sich nicht einigen konnten, vereinbarten sie, sich in zwanzig Jahren an dieser Kreuzung wieder zu treffen.

Der Erste ging los, denn ihm war klar, dass er in seinem Leben vor allem G l ü c k haben wollte.

Der Zweite begab sich auf den steinigen Weg zum E r f o l g. Er meinte, wenn er Erfolg hätte, würde er auch glücklich sein.

Der Dritte wählte die L e i c h t i g k e i t.

Er behauptete: „Ich brauche keinen Erfolg, um glücklich zu sein. Ich möchte ein leichtes Leben haben."

Der Vierte äußerte mit Überzeugung: „Ich nehme den Weg zur G e s u n d h e i t. Damit gehe ich auf Nummer sicher. Glück und Erfolg werden sich dann mit Leichtigkeit einstellen."

Der Fünfte hielt die F r e u d e für das Wichtigste im Leben. „Ich denke positiv", verkündete er, „so werde ich mir die Gesundheit bewahren und es wird leicht sein, Glück, Erfolg und Freude zu haben."

Der Sechste sagte bescheiden: „Man kann nicht alles im Leben haben. Wenn ich nur die L i e b e finde, dann brauche ich nicht mehr."

So wanderten sie los in alle sechs Richtungen. Ab und zu drehten sie sich um, bis sie einander aus den Augen verloren hatten.

Zwanzig Jahre später.

Die Hinweisschilder gab es nicht mehr. Aus der Wegekreuzung war ein Straßenkreuz geworden, und in der Nähe war eine Raststätte entstanden.

Als erstes traf der Glücksucher in der neuen Lokalität ein. Er hatte tatsächlich beim Lotteriespiel das große Los gezogen. Trotzdem war er traurig. Es war langweilig, sich alles leisten zu können.

Als nächstes fuhr der Erfolgreiche vor, begleitet von einem Bodyguard, denn sein Leben war gefährlich. Hocherhobenen Hauptes schritt er durch den Eingang der Raststätte und nahm am Kopfende des Tisches Platz.

„Bist du glücklich?", fragte ihn der Glücksucher.

„Ich habe viel erreicht in meinem Leben, aber glücklich, nein, das bin ich nicht, eher einsam."

Dann tänzelte der Dritte herein, der sich für die Leichtigkeit entschieden hatte.

„Und wie ist es dir ergangen?", fragten die beiden anderen.

„Ich habe ein Haus mit Garten, ein Auto. Im Beruf läuft's auch problemlos."

„Bist du verheiratet?", wollte der Erfolgreiche wissen.

„Geschieden", war die Antwort.

Auf die neugierigen Blicke der Freunde reagierte er: „Ich bin mit der Liebe zu leichtfertig umgegangen." Damit war alles gesagt.

Wenig später kam der Vierte hereingejoggt, der die Gesundheit für das Wichtigste hielt. Er machte Triathlon und war fit wie ein Turnschuh, aber Glück und Erfolg hatten sich auch nicht eingestellt. Dafür war ihm vor lauter Training keine Zeit geblieben.

Der Fünfte freute sich an allem, was ihm begegnete, an jeder Blume, an den Wolken, am Meeresrauschen, aber er war trotzdem kein glücklicher Mensch geworden, denn es fehlte ihm jemand, mit dem er seine Freude teilen konnte.

Als letztes begrüßte der Sechste seine Freunde herzlich und nahm am gemeinsamen Tisch Platz.

„Und hast du die Liebe gefunden?", fragten ihn die ehemaligen Weggefährten.

Da strahlte der Neuankömmling und erklärte: „Ich habe das große Glück, mit der Liebe meines Lebens verheiratet zu sein. Wenn einer von uns Erfolg hat, feiern wir ihn zusammen. Wenn wir eine schwierige Aufgabe vor uns haben, lösen wir sie gemeinsam, so dass sie ganz leicht wird. Wenn einer von uns krank ist, leiden wir miteinander und pflegen uns gegenseitig. Aber das Schönste von allem ist es, dem Menschen, den man liebt, eine Freude zu bereiten."

Langsam legte ich meinen Text, den ich zum Vorlesen in der Hand gehalten hatte, zurück auf den Weihnachtstisch und sah Martin fragend an.

„Es ist eine wunderbare Geschichte", sagte Martin und fügte hinzu: „Ich kann mir nicht vorstellen, dass es jemanden gibt, der es noch liebevoller ausdrücken könnte."

Dann brannte er darauf, mich s e i n letztes Geschenk auspacken zu lassen.

Er gab es mir mit den Worten: „Ich kann es nicht so schön in einer Geschichte formulieren wie du, aber pack es aus." Ich war gespannt. Sorgfältig entfernte ich das Papier.

Es war ein großer Fotokunst-Kalender mit dem Titel „Wege in die Natur". Phantastische Landschaftsaufnahmen luden zum Träumen ein. Dazu hatte Martin geschrieben: „Diese Wege möchte ich alle mit dir gehen." Da wusste ich, warum Martin so geheimnisvoll gelacht hatte.

„Es kommt nicht darauf an, viele Worte zu machen", sagte ich, „sondern auf ihre symbolische Bedeutung!"

An diesem Abend gingen wir sehr spät schlafen, als wollten wir diesen unvergesslichen Tag so lange wie möglich ausklingen lassen.